Good Night Master

那无坚不摧的勇气，会像星辰一样照耀着我的心，正如你一样。
© SOL.Bianca Creation works

人的一生能有几次这样不计后果地去爱呢？可能只有这一次了吧，但因为你，我不后悔。
© SOL.Bianca Creation works

晚安，大神

Good Night, Master

宅小花 著

知识出版社

图书在版编目（CIP）数据

晚安，大神 / 宅小花著. —北京：知识出版社，2016.12
（魅丽优品系列）
ISBN 978-7-5015-6621-1

Ⅰ.①晚… Ⅱ.①宅… Ⅲ.①长篇小说—中国—当代 Ⅳ.①I247.5

中国版本图书馆CIP数据核字（2016）第326987号

责任编辑：于　雯
责任印制：魏　婷
装帧设计：胡万莲

出版发行：知识出版社
地　　址：北京市西城区阜成门北大街17号
邮政编码：100037
电　　话：010-88390732
网　　址：http://www.ecph.com.cn
印　　刷：北京君升印刷有限公司
经　　销：新华书店经销
开　　本：660 mm × 960 mm　1/16
印　　张：16
字　　数：165千字
版　　次：2017年2月第1版　2017年3月第2次印刷

ISBN 978-7-5015-6621-1　　定价：26.80元
本书如有印装质量问题，可与出版社联系调换

目录

CONTENTS

目录

CONTENTS

楔　子

宿舍管理员（以下简称宿管）大叔脸上的表情十分微妙，都快要吃人了。

“这位同学，凡是我们学校的大一新生，都必须用统一的宿舍用品。这被子毯子，学校都给你们配齐了，我再跟你说一次，不允许退！”

9月酷暑，正值开学第一天，宿管部外面排满了来领学校宿舍统一用品的同学们，一个个顶着烈日，满头大汗。

然而他们一来，就看见一位扎着马尾的娇小女生，坐在一堆巨大的蛇皮袋上。在那些花花绿绿的桶盆的衬托下，颇有种丐帮少帮主的气势。

“我也说了……”她扬着一张被晒红的小脸，清秀的脸庞，气概恍如英勇就义的烈士，“被子和毯子我都有，这些东西根本用不着。380元，请原价退还。”

大叔好说歹说都没用，他恼怒地一挥手：“说了不退就不退！我从来没有见过这样的事，同学，你不要太过分！”

“即使是学校，也没有强买强卖的道理吧？”女生一本正经地，“我也没看到哪条校规上说明，来S大读书必须要买这些东西啊。除非能拿出证据来，否则今天不退我钱，我就不走。”

“你！我看你是不想在这个学校读书了！”大叔气得哇哇大叫。

其实，S大统一发放宿舍用品是早就有的事，而且不仅仅是这一所大学，不少大学都这么干。虽然对学生来说还算便利，但难看的蓝色棉被、土到掉渣的格子床单、80年代热水瓶和塑料水桶……一直都被大家暗暗地鄙视。

不过，380元也算不上很多钱，很多学生交了钱拿回东西，就丢在一旁不管，照样是花样百出地装饰自己的宿舍。

也只有这个叫杜菲菲的女生，拖着巨大的行李箱径直找到宿管部，把收据往宿管大叔桌子上一放。

“劳驾，退钱。”

这下子，就连在宿管部帮忙的学长学姐都惊呆了。

“S大还没有因为要退掉不合理的套装，就被开除的学生呢。而且我也不认为宿管部有权利取消我的学籍，退还380只是正当要求而已。如果学校一定要让我退学，我就去找新闻部门。”她低下头，打开手机搜索地图，“离这里不到300米，就是新闻电视台政法频道。我还看到了他们的举报电话，是……”

“行了行了！你别说了！”大叔的脸涨成了紫红色，他捂住胸口，完全气得说不出话来。

这女生实在是太横了吧？这种穷也穷得理直气壮的感觉，真是让人不爽啊！

一时之间，宿管部门外鸦雀无声，排队围观的同学们也是面面相觑，充满敬佩地看着杜菲菲那张不达目的不罢休的小脸。

在他们心里，第一次发现，原来380元也是很重要的啊……

第一章

大神，你好！

1

“梁老师。”

一个温润如玉的声音，蓦地在蝉鸣燥热的宿管部门口响起。

同学们纷纷循声回头，就看到盛光里走出一个高大挺拔的身影，声音的主人是一位二十多岁的青年。青年高挑俊朗，白色衬衫在阳光下仿佛可以折射出微微白光，他生着一张极为雅致的面孔，眉清目朗，温文如玉。

他走到气得只剩一口气的大叔面前，好看的眼睛微微弯起说道：“梁老师，实在抱歉，我们班上的杜菲菲同学给您添麻烦了。”

一瞬间，同学们的目光齐刷刷地瞪向宿管大叔——这位穿着白色大汗衫，脚上蹬拖鞋的大叔还是个老师？

宿管大叔看到他，瞬间松了一口气，上前两步，紧紧握住男青年的手：“小苏啊，你终于来了！你可要好好管管你们班上的学生啊，就这素质……”

见大叔都快要老泪纵横了，青年赶紧打断了他的控诉：“梁老师，我都知道了，您放心。”

像是有魔力一般，他一开口，就仿佛夏日清风一般，瞬间拂去了大叔满脸的焦躁。就连周围的同学们，也都沉浸在青年的笑容里。只是觉得这人笑起来真好看，又亲切又自然。

“杜菲菲？”青年抚慰完了梁老师，朝杜菲菲走去，高大的身影在女生身上投下一片阴凉，“我是你的辅导员，苏昭。”

“辅导员好。”杜菲菲愣了愣，站起身来。

“不用这么紧张。刚才宿管部这边有学生叫我马上过来。”他朝外指了指，杜菲菲转过头，就看到一位陌生的学长尴尬地躲开她的眼神，“说我们班的学生在这里闹事，我就过来看看。”

讲到正事，杜菲菲一扫之前的紧张，黑白分明的眼睛直愣愣地看着他：“辅导员，我可没有闹事，学校强制要买生活用品是没有道理的，我要退钱，这是天经地义的事。”

天经地义？

苏昭怔了怔，绷紧的俊颜已经带上了一丝笑意：“我能问问，你为什么要退还这个套装吗？”

“穷。”

杜菲菲的回答掷地有声。

这一下，苏昭愣了好久才回过神来，他仔细打量着眼前这位娇小可爱的女生——洗得发白的球鞋，款式老旧的T恤，还背着一个看不出年代的牛仔布包，看那歪歪斜斜的针脚，好像自己手工做的一样。

……搞不好，那笔钱对她来说是笔巨款。

“380元是我半个月的生活费。”仿佛猜中了苏昭心里的想法一般，杜菲菲的声音应时而起。

苏昭这下彻底没话说了，他看了杜菲菲两眼，走到大叔面前不知道说了几句什么，就只见他点了点头，脸色差劲地过来了。

“你要退，就去里面吧。”

“谢谢老师！”杜菲菲的眼睛一下子亮了起来。

看着这个娇小的女生提起身边的大袋子，径直朝宿管部里面走去。人群只静默了几秒钟，就爆发出一阵阵搞笑的调侃。

“我也要退！”

“380元是我半年的生活费啊！”

“哈哈哈，我也要退我也要退……”

9月酷暑，这一场由法律系大一新生杜菲菲引起的退宿舍套装的风波，就这么成为了S大后续的一段笑话……

闹市中心，有一排精致的欧式别墅。层层叠叠翠绿的私人花园将别墅与外面的喧嚣隔开。这里俨然是一个幽静的好地方。然而我们的辅导员苏昭，这时却满头大汗地站在门口。他那白皙的脸因为骄阳的炙烤而泛红。

现在是下午3点，他迟到了半个小时。

日头依旧毒辣，但想到这扇门后某人冰冷的眼神，苏昭不禁打了个冷颤。

苏昭汗涔涔地准备抬手去按门铃，可正在这个时候，门却“咔哒”一声，从里面打开了。

一位高大的男生斜靠在门边，T恤松松垮垮地套在他身上。他大概十八九岁的年纪，凌乱的额发下，一双棕褐色的凤眼微微眯起，即使不发一言，也能感受到此刻他浑身的每个细胞都在叫嚣着“不爽”。他长得很好看。如果说苏昭是有如上等的佳玉一般温润通透，那么这个男生就带了几分凌厉嚣张的味道。这像是盛夏的日光，又像璀璨的火花，给人惊艳而又热烈的感觉。更别提他那精致美貌的五官，白皙得毫无瑕疵的皮肤了……简直是妖孽呀。

“抱歉，西寺。”苏昭后背一阵发凉。他苦笑着提起自己手里的袋子，带着些求和的口吻说道：“我给你带了吃的。”

男生狭长的凤眼睨了苏昭手里的零食塑料袋一眼，这才侧了侧身让他过去。

苏昭轻轻松了一口气。

乐西寺这个人，什么都好，就是不能怠慢他心爱的电竞事业。

今年是电竞大神们齐聚S市的一年。国内最大的电竞赛事China idol要在本市举行！经过近两年时间的筛选，乐西寺和苏昭作为搭档，在英雄联盟、炉石传说、DOTA2等比赛中都取得了很不错的成绩，他们的“2S”电竞工作室也是一匹黑马，杀入了全国电竞工作室的十强。可以说，他们一开始就是冲着决赛第一去的！

更何况，早在比赛之前，乐西寺就故作玄虚地说过，这次决赛，他的终极目标是对手——“千金笑”。

这位“千金笑”也是突然出现的高手，曾经在多次预赛中和乐西寺对峙过，还打败过自诩天才的乐西寺。对西寺来说，决赛的输赢还在其次，更重要的，是能否和千金笑一决高下！

别看苏昭在S大法律系当辅导员，被很多女生封为心目中的男神，私下也是一个厉害的电竞高手。原本，今天他该和乐西寺一起为参加预赛练习的，可因为突然来了个不按常理出牌的新生杜菲菲，他又耽搁了一个多小时。

乐西寺坐在沙发上了，吃着薯片兴师问罪：“为什么迟到？”

“还不是这一届的新生……”苏昭扶着额头，把杜菲菲的事一五一十地交待了出来。

“总之，你又凭借着自己是校长的得意属下，压迫老梁让他答应啰？”

“你也不用这么损我吧。”苏昭摸摸鼻子，有些悻悻然。

为了速速解决，他的确利用了自己是校长的得意门生的身份。但苏昭确信，最终让老梁退步的还是杜菲菲那理直气壮的穷苦气息。

“有意思。”

乐西寺整个人深陷在软软的沙发里，顺手抄起一个抱枕。

苏昭有时候也很费解，老天爷在创造乐西寺的时候，难道真有特别关照？

要不然这个世界上怎么会有这么完美的人？

2

苏昭在15岁那年认识了乐西寺，如今已经10年了他永远也忘不了，当年才9岁的乐西寺坐在电脑前，冷静地敲击着键盘的样子。

也就是因为他，苏昭才终于承认，世上有平凡人无法超越的天才。乐西寺的家境很不错。7岁就已经在电竞圈小有名气，15岁的时候，更是拿下国内电竞大赛三等奖。迄今为止，早已成为了无人能超越的天才人物。

不过这人的妖孽指数还不仅于此，不管是学习还是生活，每一样他都是佼佼者。连全国最难考的S大，他也就考前随便翻了一个月的书，就这样考上了。而眼前这整栋别墅也是乐西寺为了创办工作室，做了几个“小小”的软件卖掉赚来的。

不过，也许因为智商太高，乐西寺很难对一件事物或人保持长久的兴趣。当然，电竞除外。

所以当乐西寺微眯着凤眼，指腹摩挲着下巴，饶有兴味地说“有意思”的时候，苏昭竟然感觉自己的后背凉嗖嗖的。

这不是什么好兆头……

“怎么这么看着我，我脸上有什么东西吗？”察觉到房间里的静默气氛，乐西寺摸了摸自己的脸，疑惑道。

“没……没什么。”苏昭回过神来，讪讪地说。

“迟到了半个小时，我们还是赶紧练习吧。”

听到自己喜爱的电竞，苏昭的注意力也很快转移了过去。他点点头，和乐西寺一起走进工作室。随后，一人一台电脑进入了对战状态。

……

时间过得很快，眨眼就到了晚上。

精疲力尽的苏昭放下耳机，看了眼身边正玩得风生水起的乐西寺，站起来一边捶着腰一边感叹：难道自己真是年纪大了？坐一下午就腰酸背痛……

“西寺，休息一下，该吃晚饭了。”

苏昭知道，今天要是他不在，乐西寺现在这个状态，大战六百回合都不是问题。不过人是铁饭是钢，乐西寺可以为了电竞废寝忘食，自己的觉悟暂时还没那么高。

“嗯，我吃肯德基就行，你随便。”乐西寺头也不回地说。

苏昭无奈地看了看他，默默拿起了手机开始下单。按照惯例，给乐西寺点了一份全家桶。

没过多久，门铃响起，饿得饥肠辘辘的苏昭起身正要去开门，空中却突然飞过来一个黑色的东西——那是乐西寺的钱包。

“我请你。”乐西寺眼睛还盯着屏幕。

苏昭看着手里鼓鼓的钱包，心情很好地打开门——。

“杜菲菲！”

看到眼前出现的少女，他不由得瞪大了眼睛。这个饱含惊吓的声音突兀地响起，让乐西寺握着鼠标的手微微一停。

“苏老师。”

清脆的声音响起，乐西寺三下五除二迅速解决掉对手后，扔掉鼠标退出游戏，从座位上站了起来。人人都有八卦心态，乐西寺也不例外，也是想看看，传说中为了380元拼命的女生。

于是，也就一眨眼的工夫，一张白皙好看的少年面庞忽然从苏昭身后探出来。他出场的那一刻，仿佛自带特效，让人心醉神迷，而杜菲菲的大眼睛眨了好几下，浓密的睫毛刷子一样在眼睑投下阴影，却连一丝惊艳的表情都没有。

她只微微有些局促地站在乐西寺别墅门口，看着苏昭说：“老师，您住在这里啊？”

“没有，这是我朋友家。”苏昭大手一抻，就把乐西寺给拽了过来。

男生慵懒地靠在门边，狭长的凤眼淡淡地落在杜菲菲身上。他的唇线微微抿起，看不出什么情绪。但也不知怎么的，杜菲菲就感觉对方好像正高高在上地睥睨着自己。

“老师，这是你们点的餐。”她从外卖箱里拿出之前苏昭点的全家桶，六七个人吃都不成问题。

“咦？菲菲，你在外卖网站做兼职吗？”苏昭好像才注意到，杜菲菲身上穿的是黄色的外卖工作服。

“是的，老师，一共是118元。您看一下。”杜菲菲把东西和账单一起拿到苏昭手上，还担心地问了一句，“点这么多，你们吃得完吗？”

“不是我们，是西寺一个人的份量。”苏昭笑嘻嘻地接过全家桶，往乐西寺手里一扔，冲杜菲菲笑眯眯地说，“杜同学，才开学就找到兼职了，不错嘛。”

“谢谢老师夸奖，我还要送外卖我先走了。”

杜菲菲呆呆地说完，就毫不犹豫地转身走了。她虽然长相甜美，但脑子里想的却和普通少女一点儿都不一样。刚刚自己和苏昭说话的过程中，那个美少年一直用奇怪的眼神盯着自己，害她起了一身鸡皮疙瘩。

一直到女生的身影消失在别墅区门外很远，乐西寺还是靠在门边，一副神色莫测的样子。

“喂，回魂了，人家走远了。”苏昭好奇地看着乐西寺，“你这是怎么了？这么反常？”

乐西寺不置可否地转过身，拎起全家桶就走。

“喂喂！”苏昭严肃地说，“你不是对我的学生有什么想法吧？”

“嗤……”乐西寺明显不屑了一声，眼睛还是忍不住朝杜菲菲离开的方向看了看，突然不甘心地问，“我长得还不错吧？”

“嗯？”苏昭愣了愣。

“我帅吗？”

苏昭稳了稳心神，抬手去摸男生的额头：“你怎么了？神经病又犯了？”

乐西寺拂下苏昭的手：“小昭，你说，你认识的我，异性缘怎么样？”

苏昭被乐西寺那一句称呼气得差点儿喷出一口老血，但还是无奈开口：“岂止异性缘，就是同性，也经常被你迷得五迷三道的。”

苏昭这话不假，乐西寺15岁那年，登上全国电竞大赛领奖台领奖的时候，那群沉迷于游戏的男生们看到他，也像是看到了偶像一样兴奋异常，那场面，别提多壮观了……

“那为什么刚才那个女孩看都不看我？”乐西寺很是不解，“难道是因为我不够好看？”

苏昭无奈地从袋子里拿出一只鸡翅，塞到乐西寺的嘴里：“闭上你的嘴，打游戏去吧。”

就没见过这么自恋的人，简直不能忍。

重新坐到电脑前，准备在游戏里大肆虐杀一番的苏昭，才刚登陆上游戏，门铃又响了。

“这次终于轮到我的了！”他一跃而起，一个箭步冲到门口。

才刚打开门，坐在沙发上吃鸡翅的乐西寺就听到一声大吼。

“杜菲菲？怎么又是你？”

他一口可乐喷出来，连嘴都来不及擦，冲到门口。他发现不久之前刚刚离去的杜菲菲，此刻又换上了一件蓝色的外卖制服，满脸是汗地拿着外卖袋。

“老师，您点的麻辣小龙虾，一共98，谢谢。”

“你……”苏昭惊得话都说不清楚了，“你同时打两份工吗？”

“没有。”杜菲菲抬手擦了擦汗，苏昭刚松一口气，就听见她老实地回答。

“是5份。”

众人呆滞……

“老师我先走了，我还有另外一份外卖要送，正好在这个小区。”

杜菲菲向苏昭鞠了一躬，还是没有看乐西寺一眼，就火速离开了。两个大男生就这么站在门口目送着她远去的背影，仿佛石化了一般。

苏昭突然没来由一阵内疚，为人师表，看到自己的学生为了生计这么累，他有些过意不去：“看来我的工作还做得不够好，等开学，我就去为她申请助学金。”

“真是越来越有意思了。”

冷不丁的，苏昭身后传来了乐西寺兴味正浓的声音，他回过头，正好看到乐西寺那双明亮的黑眼睛，此刻正看着杜菲菲离开的方向，发出晦暗不明的光。

3

入夜的S大校园，夜风习习。因为将近半夜，所以路上的行人也少。

杜菲菲揉着自己酸痛的胳膊，一边啃着中午吃剩下的半根玉米，一边盘算着这个月赚了多少钱。

从小在S市土生土长的杜菲菲，并不如一般的小孩子那样娇生惯养。当小小的她拖着编织袋，在学校里到处翻垃圾堆的时候，那些粉色的美好幻想就离她远去了，暧昧纯真的初恋、好看时尚的淑女裙、叽喳暖心的朋友……统统都离她很远。就这样钝着一颗心长大，独属于女孩子该有的柔美娇弱没有学会，反而练就了一身天塌当被盖的淡定气质。

所以当杜菲菲打开宿舍门，看到一个巨大的蛋糕摆在自己桌上的时候。虽然她有些诧异，但脸上却依旧是一贯淡淡的表情。

早上退掉生活用品后，杜菲菲就直接赶去打工了，也没什么机会见到自己的几位新室友。不过现在总算见到了，但她却直觉，自己和那3个女生不会是同一个世界的人。

正对着杜菲菲床位的女生，算得上是全宿舍最漂亮的……不，应该说，应该是整个S大校花级别的人物了。她的脸像是橱窗里的洋娃娃一般精致美丽，大眼睛，长睫毛。杜菲菲只是在她身边扫了一眼，就认出了很多高档商场的大牌商品。再看少女的神情，举手投足间都透露出一股高高在上的贵气，就连眼神扫来，也自带一股千金大小姐般的骄傲。

而站在这位大小姐旁边的女生，就显然平凡多了，她没有那么出挑的五官，也没有咄咄逼人的贵族气质。她穿着一件藕荷色的连衣裙，给人邻家妹妹般的感觉，很是温柔亲切。

而唯一让杜菲菲感到有压力的，是和自己邻床的女生。她的脸秀美动人，偏偏打扮得十分前卫——高跟鞋、超短裙、露背T恤，整个人散发着一股生人勿近的高傲气场。

杜菲菲站在门口，3个女生都齐刷刷地看过来。她额前的刘海儿因为工作到这么晚已经濡湿了，湿哒哒地搭在额前，看上去既油腻又土气。

高傲女生第一个皱眉，她把杜菲菲上下打量了一番。虽然没说什么，但眉眼里已经露出厌恶的意思了。

杜菲菲对这样的神态很熟悉，也不在乎，她径直朝自己的床走去，一边放包一边指着桌上的蛋糕问："今天有人过生日吗？"

"没人过生日，是小星买来庆祝大家成为室友的，希望我们以后可以成为好朋友。"一个柔柔的声音响起，杜菲菲循声望去，是那个穿连衣裙的邻家女生。她一脸温柔地看着自己。

杜菲菲愣住了。

“小晴你别说了，我们等了一天，也不看看现在几点了。”那位孔雀一般的大小姐气哼哼道。

“10点，怎么了？”杜菲菲抬手看了看电子表，一脸的懵懂。显然她还不知道这个寝室里之前发生了什么，更不太明白这个美丽的孔雀一样的女孩子在生什么气。

“你也知道10点了！”大小姐顿时气不打一处来，“我们从下午4点等你等到现在，你竟然还跟我说10点了，你知不知道……”

“我不喜欢甜食。”大小姐还没说完，杜菲菲就直愣愣地打断了她的话，“谢谢你的好意，你们自己分了吧。”

说着她端起蛋糕，送到大小姐的桌子上。

“你！”没料到杜菲菲竟然这么不给自己面子，大小姐一下子气得脸都涨红了，站起来就要理论，却被她旁边的温柔女生拉住了。

那女生冲杜菲菲微微一笑：“那个，不好意思，小星就是这样的脾气，她不是那个意思。今天她为了等你，连家人要陪着吃饭都拒绝了，大家都是一个寝室的，以后还要住4年呢，不要误会了。”

那女生说话有一种让人沉静的魔力，柔柔的，却很能让人听得进去，才说了这么几句，那个叫小星的女孩子就已经消了气，只是还恨恨地看着杜菲菲。

杜菲菲摸摸鼻子，她完全不知道自己怎么得罪了别人。

“对了，介绍一下，你来得晚，还没来得及认识大家吧？”那个说话柔柔的女孩笑了笑，指着高傲女生，“这位是韩纯，人资系的系花，追的人一大把哦。”

韩纯原本见杜菲菲那么不通情理，脸色已经不太好了，现在面色登时稍霁，朝杜菲菲点了点头。

“这是苏南星，我的好朋友，她虽然脾气不是很好，但其实很热心，很文艺哦。”女生冲苏南星眨眨眼，惹得大小姐一阵嗔怪，刚才的不快也烟消云散了。

“我叫陈晴，希望以后咱们4个，可以好好相处，多多关照哦。”陈晴说完，一双眼睛看着杜菲菲，显然是在期待她的自我介绍，韩纯和苏南星也看着杜菲菲，眼里都透露出好奇。

“我叫杜菲菲，是法律系的。”从小就不擅长和女生相处，杜菲菲对陈晴很佩服，今天这件事要不是她，搞不好这次蛋糕风波会延续到毕业也说不定。

“你是法律系的！”苏南星惊喜一声，大小姐脾气来得快去得也快，她上前拉住杜菲菲的手，双目放光，“那你知道苏昭吗？”

杜菲菲被她弄得不知所措：“苏老师是我的辅导员。怎么了？”

“哇！”苏南星大叫一声。

“苏昭是她哥啦。”陈晴笑道，给杜菲菲递过来一块蛋糕，“试一下，小星跑了很远买的，虽然不喜欢，试试总没问题吧。”

再也不好意思拒绝，杜菲菲接过蛋糕：“原来你们是兄妹，难怪……”

“难怪什么？”苏南星早已忘了刚才的那点不愉快，巧笑倩兮地看着杜菲菲。

“难怪你长那么漂亮，和苏老师很像。”

“哼，谁要跟他长得像。”苏南星心花怒放地说，现在她怎么看杜菲菲怎么顺眼，于是关切地问，“你怎么这么晚才回来？还搞这么狼狈？”

4

“我去打工了。”杜菲菲吃了几口蛋糕，发觉自己确实不喜欢吃，索性放下蛋糕，“抱歉，我先去洗澡了。”

虽然才认识一会儿，但大家也多少了解了一点儿杜菲菲的性格，发现她其实很直爽，所以大家也没有放在心上。

“对了，明天你们有空吗？”一直没说话的韩纯突然开口。

杜菲菲停下拿睡衣的手，看向她。

“我想着大家都才来学校，不如去市中心逛一逛，看看有什么好玩的地方。”韩纯露出了一抹笑容，美丽的脸蛋顿时鲜活起来。

“好啊！早就听说S市的衣服很漂亮了，我去！”苏南星第一个雀跃道。

“小星去，我也去吧。”陈晴摇摇头，笑道。

也不知道是不是杜菲菲的错觉，韩纯话音刚落时，陈晴脸上闪过一丝不自然，但很快就不见了，也许是自己太累了看错了吧。

“我就不去了，明天还要打工，你们好好去玩吧。”杜菲菲没钱，也没时间去享受这些适龄女学生应该有的闲暇娱乐，所以直接拒绝了。

韩纯的脸色瞬间变得差劲起来，可杜菲菲就像没看到一样，从柜子里拿出换洗的衣服，走进了浴室。

“只有一天就要军训了，明天还要早起搬砖呢。”

一夜无话。

一大早，等507室的女孩们起床的时候，杜菲菲已经不见了。

“她这么早就出门了呀？”苏南星迷蒙着睡眼，看到对床已经人去床空。

“说不定又去打工了。”韩纯不以为然。

“昨天她不是说去搬砖吗？”陈晴从上铺爬下来，一边扎头发一边说。

“怎么可能！”韩纯立刻反驳，“她只不过是一个女孩子，怎么可能真的去搬砖，那只不过是自嘲啦！她说的搬砖，应该就是指打工！”

“但昨天看她那样子……”

“说着玩呢，就是虚荣心作祟，想让我们觉得她与众不同。”韩纯说着就去洗手间收拾了。

“呵……”苏南星打了个哈欠，慵懒道，“纯纯说的也不是没有道理。昨晚她穿回来的那些制服，在工作的地方换掉不就可以了，带回宿舍来还洗干净，说不定真的是想让我们觉得她跟别人很不一样呢。”

“你刚才叫我什么？”韩纯满嘴牙膏泡沫地从洗漱间跑过来，冲苏南星挑眉道。

“纯纯啊。”苏南星答得直白。

“呕……”韩纯做了个呕吐的动作。

“我看杜菲菲不像那种人，或许是真的很困难吧。”陈晴收拾妥当，问道，“不是说去逛街吗？小星你动作还不快点儿。”

“哦，我不去了，今天有点儿事。”韩纯再一次从洗漱间出来，满是歉意地说道。

“杜菲菲不一起去也没什么意思，本来就是想寝室四个人好好逛逛的，小晴，我去找我哥吃饭了，等会儿你要是没事的话，我有个快递，你帮我拿一下哦。”苏南星从床上下来，理所当然地吩咐道。

韩纯听到这话时看了陈晴一眼，陈晴还是那副温柔和善的样子，嘴角甚至还有笑意，丝毫没有因为苏南星这理所当然的语气而生气。

“好，反正我也没什么事，就在宿舍里等你啦。”

“嗯！爱你啦！回来给你带好吃的。”苏南星抱了陈晴一下，转身去洗漱了。

陈晴慢慢地坐在椅子上，转过身去打开笔记本电脑，看着黑色屏幕上妆容精致的自己，她眼睛闭了闭，伸手把假睫毛扯了下来。

5

S大光辉的校门口，一辆白色宝马汽车风驰电掣地停了下来。在大家惊讶目光的注视下，穿着迷彩服的美少年乐西寺，就这么出现在了众人的视线中。

看着司机将车开走，乐西寺迎着女生们的视线走到校门口，一直站在那里等待的苏昭忍不住一阵好笑。

早就知道乐西寺骚包，却没想到他竟然这么的高调。

“你一天不耍帅能死吗？”苏昭走到乐西寺身边，看了眼周围好几个快要晕倒的女生，忍不住讥讽道。

“就是因为老天给了我这么一副倾国倾城的脸，才更要拿出来让世人欣赏与崇拜。”乐西寺摘下脸上的墨镜，斜睨了苏昭一眼，“你这样的土包子是不能懂的。”

今天乐西寺特意过来找苏昭，是有原因的，乐西寺这个人，要他动脑子，比谁都快，也比谁都更乐意，但如果要他受累动一下四肢，那就只有一个答案——没得谈。

特别是军训，顶着30好几度的高温站在太阳底下暴晒，谁会干啊。

“什么样的病能病整整一个月，并且在开学那天奇迹般复原，瞬间就活蹦乱跳啊？”苏昭坐在桌子边，对着那张病假单愁眉苦脸。

“间歇性肠胃炎，尤其不能受高温、高热、高强度体力劳动的影响。需时时卧床静养，以免病情生变。”乐西寺坐在苏昭办公室的皮沙发上，翘起二郎腿看着苏昭墙上的工笔国画道。

“没有病历本，我怎么批？”

话音刚落，一份市医院的病历本就砸到了苏昭头上，他展开一看，上面写了处方，连打点滴的日期都有，竟然还盖了公章！

“你这是……”

“赶紧写了，我肚子好饿，要吃饭。”乐西寺说着，不耐烦地掏了掏耳朵。

正在这个时候，一个纤细苗条的身影推门而入，瞬间发出一声惊叫。

“乐西寺！你怎么在这里！”苏南星来找哥哥，看到乐西寺瞬间变得很兴奋。

“你怎么也在？”乐西寺顿时站了起来，如临大敌，“我不会给你当模特念台词的，想都别想。”

别看苏南星平时一副大小姐的样子，高贵冷傲又颐指气使的，但内心却住着一个文艺小公主，时不时的伤春悲秋，从高中开始她就写小说给自己看了，因为性格骄傲，不好意思告诉别人，所以除了闺密陈晴，根本没有人拜读过她的“大作”。

然而每次乐西寺看到她都会头痛，因为她从小就认识自己，所以写的每一个故事男主角，原型几乎都是乐西寺，至于男二号……自然是自家哥哥无疑了。

每次见到苏南星，她都逼着乐西寺模仿自己小说的男主角，说一些脑筋有问题的台词，什么“女人，不要玩火”，“我的心为你而痛”……简直是有病啊！

“你怎么来了？不是说今天要好好和宿舍里的人搞好关系吗？”看着乐西寺恨不得逃跑的样子，苏昭赶紧转移话题。

“别提了，宿舍里一个女生好奇怪，破坏了我的计划，扫兴。”苏南星挥了挥手，正想要大倒苦水，抬眼忽然看到乐西寺干练简洁的迷彩装，不禁眼睛一亮：“小寺！你这个造型好棒啊！让我想到了一个特种兵的角色……”

“好了！要吃饭了！我们还是赶紧走吧！”乐西寺避之不及地从苏昭桌子上拿走病假单，以迅雷不及掩耳之势朝门口大步而去。

“喂！乐西寺！等等我！我也去！”苏南星脸色变了变，赶紧紧随其后。

“我说，你们一个个的，眼里还有没有我这个老师跟老哥啊！”苏昭在后面喊着，也追了上去。

夏日太阳很毒辣，虽然已经到了9月初，但却仍旧持续高温，人走在路上，像是火烧一样，这么热的天气，除非必要，一般是没有人愿意出来的。

偌大的校园马路上，就只看到3个人顶着骄阳走在路上。前面的男生身材颀长，一马当先走得极快，一身帅气的迷彩作战服，仿佛当红偶像剧男主角；而他身后的那名少女，也长得非常漂亮，她一直紧紧地跟着男生不断说着什么，手舞足蹈的；最后那位比较年长的青年气质文雅，正微笑地看着走在前面的少男少女，一脸宠溺。

“只是要你做几个动作而已，不会怎么样啦！我又不会到处去说，小寺，小寺！”苏南星眼见乐西寺越走越快，高跟鞋已经跟不上他的速度，不由得开始小跑起来。

可是跑着跑着，她却冷不丁撞上了一堵肉墙，乐西寺不知道什么时候停下来了。

“怎么了……”苏南星摸了摸鼻子，嘟囔着从他的后背探出头。

“怎么不走了？”

苏昭也赶了上来，一边奇怪地问，一边也跟着抬起头看向不远处。

S大对面是一块空地，最近正在施工建大厦，每天都有一大群农民工在这里工作。毒辣的日光下，施工场地漫天烟尘，机械发出震耳欲聋的轰隆声。

一个和周围那些大老爷们儿极为不搭调的身影，就这样突兀地出现在了三人的眼中。

清瘦娇小的女生的后背已经被汗水湿透了。安全帽下的脸倒是依旧白皙，她推着一车红砖。在那群满是肌肉的大汉里，这个身影是那么的小，小到可以忽略不计，但是她却那么地拼命，就好像自己正在做的，是一件无比重要的事情。

“杜菲菲！”

空荡的校园小道上，苏南星和苏昭两兄妹惊异的声音回荡在空中。

“她竟然真的在搬砖！”苏南星满脸的不敢相信，她一把揪住哥哥的衣襟，语无伦次地说，“哥……哥你知道吗？这个就是我刚刚说的，那个奇怪的女生！天啊，她也太强了吧？”

乐西寺摘下墨镜，狭长的凤眼在阳光的照耀下情绪莫名。

真是……越来越让人感到有趣……

第二章
星光下的往事

1

夜幕降临，工地上轰隆隆的声音才慢慢地停歇下来。工友们都拥到食堂打完饭回来了，杜菲菲戴着手套，还在艰难地搬最后一块砖。

“小菲啊……”一个组的工友刘叔端着饭碗走到离杜菲菲不远的地方蹲着，红色的安全帽下是一张黝黑的脸，“搬不动算了，你这细胳膊细腿的，别弄出什么毛病来。”

杜菲菲一张脸被太阳晒得通红，全身的衣服已经湿了又干了好几回了，因为性别原因，她在这里不占优势，搬的比别人少，干的也比别人慢，也更累。

“刘叔，谢谢你，再搬完这一块，我就休息了。”

一开始杜菲菲来这里打零工的时候，整个建筑工地都惊呆了。大家都停了手里的活儿看着这个瘦瘦小小的小女孩，她站在包工头面前，倔强地拍着胸脯保证可以完成任务。工地上的大叔们大多家里都有儿有女，见这小女孩才这么大点年纪就出卖苦力，尤其是在知道她已经考上了对面的S大的时候，大家都不由得对她充满了的同情。

刘叔是这些人里面，最照顾杜菲菲的一个。因为他老家的女儿也和杜菲菲差不多大，当初包工头死活不同意杜菲菲来搬砖，多亏了刘叔，好说歹说，让杜菲菲留了下来，因此杜菲菲对刘叔也充满了感激。

“我给你打了饭，等会儿洗洗手吃点东西，看你瘦成什么样了。”刘叔憨憨的眼里闪过一丝心疼。

杜菲菲抬头冲刘叔一笑，抬手擦了擦汗：“不用了刘叔，我今天还要回家呢。”

工地有如白昼的灯光照射着。灰尘漫天的空气里，杜菲菲甚至能闻到下水道的难闻气味，刘叔半白的头发在白炽灯下更加醒目。恍然间，面前的这张脸和记忆中的那张脸，有一瞬间的重合，杜菲菲摇了摇头，压抑下心底那股莫名的酸涩。

那个人，才不会像刘叔这样关心她。

“回去回去。”刘叔还在推着她，“这儿还有你刘叔呢，晚了公交车就没了。”

“刘叔，谢谢你。”

“傻丫头，谢什么，快走吧。”

离开工地时已经是晚上8点了。杜菲菲回家的这路公交车，平时7点一到就没多少人。她挑选了一个靠窗的位置，看着窗外倒退而去的风景，默默发着呆。

上大学以后，这还是她第一次离开家超过两天。以往不管发生什么事情，杜菲菲都不会超过24小时不回家。在和妈妈相依为命的这段日子里，她没有朋友，贫穷也让所有亲戚把她们遗忘了。这次她在学校待了3天，妈妈不知道在家里怎么过的。

有好好吃饭吗？失眠症好了点儿吗？会不会太想她？

说来好笑，因为穷，杜菲菲和妈妈两个人都买不起手机。十几年了，还是在使用家里的那台老掉牙座机。来学校这么多天，忙得没时间和家里联系，现在已经距平时的晚饭时间晚了很久了，妈妈会不会一直在等着自己呢？

杜菲菲的妈妈，年轻的时候美丽动人，即使坐在那里一动不动，也娴静好似春光里的一幅画，令人只觉有美如斯，岁月静好。如今光阴流逝，昔日惊艳过时光的少女，因为生活的无奈与岁月的无情，美丽的容颜不再。只那一双明亮的眼睛，不曾受过半点阴暗的侵袭，黑夜里，仍旧闪亮如昨。

公交车终于到站，杜菲菲从车上下来，远远就看到妈妈的身影站在小区门口张望着。70年代老旧的小区门口，四周都是摆摊的小贩。她瘦削的身影站在入幕的夜里，是那么的令人心疼。

“妈！”杜菲菲欣喜地叫了一声，赶紧冲过去。

“小心车！”杜妈妈感觉自己的心脏就快要从喉咙里跳出来了。

直到杜菲菲安然无恙地出现在她面前，她才松了好大一口气，嗔怪地看了杜菲菲一眼：“你这孩子，吓死妈妈了。”

“放心啦，刚才过马路的时候是红灯来着，没有车敢撞我的。”杜菲菲亲昵地抱起妈妈的胳膊，撒娇道。

“就算是这样，也不能在马路上跑。你不知道现在的人，闯了红灯也觉得没什么，以后可再不许这个样子了。”她还心有余悸。

“好啦好啦，母亲大人的命令，小女一定遵从！”杜菲菲甚至夸张地敬了个军礼。

“你这孩子……”杜妈妈一下子就被逗笑了。

两母女相互依偎着，手牵手走到楼道里。

2

70年代的小区，还没有电梯，房子都按照那个时候时兴的样子建立的，二三十年过去了，楼道老化，原来的那些邻居也大都买了更加高档的住宅，原来的住户，几乎都走光了。

剩下的，除了杜菲菲这样没有钱换房子的家庭，就是那些住惯了老小区的老人家，另外的，就是租户了。

租户们鱼龙混杂，三教九流什么样的人都有。杜菲菲和妈妈好不容易爬上5楼。对门突然出来个满身文身的大汉，浑身酒气。他把一个垃圾袋，往楼道里一放，就准备回去。那个楼道，早就有好几堆垃圾在那儿了，杜菲菲张大眼睛看着他，显然是对他这样把垃圾堆在门外的做法很不认同。那大汉见杜菲菲一个小姑娘竟然用这种眼神看着他，瞬间心中恼怒，瞪着眼睛就要上前。杜妈妈见状赶紧掏出钥匙打开门，把杜菲菲推进门，然后迅速关门。

“哎哟，吓死我了。”进门以后，杜妈妈靠在门口捂住胸口，一副惊魂未定的模样。

“怎么能这样呢！妈，你让开，我一定要好好和他们说说，垃圾都放到我们家门口来了，怎么这么没素质啊！”杜菲菲简直快要气死了。

“算了算了，菲菲。”妈妈扯住她的胳膊，哀求道，“他们也不是一次两次这样了，每次虽然堆得多，最后也还是清理干净了，你就不要去逞这个强了。”

“可是您开门关门难道还要帮他们把垃圾堆好吗？不行，我要给物业打电话，真是的，我们家又不是没有交物业费，再这么下去，小心我告他们！”

“告他们”是杜菲菲18年的人生里，唯一的信条。

没有什么是法律解决不了的，没有人可以凌驾于公平与正义之上。

所以杜菲菲选择了S大的法律系，她坚信，只要自己够努力，一定可以成为一个正义的法律代言人，用法律这柄利剑，斩断这个世界一切的丑恶与不公。

“你给物业打电话我没意见，就是不准你出去和他们对峙。”妈妈还是拦在门口，小心地劝说着自家女儿，“他们都是一些社会上混惯了的人。你一个小女孩，跑出去和他们干仗，不是自己吃亏吗？听妈的，这些租房子的人都是住一段时间就走了，我们之前不是也遇到过好邻居吗？忍一忍就过去了。”

相比杜菲菲，“忍一忍就过去了”却是妈妈的口头禅。

这个世界不管发生什么事，只要不关系到生死，没有触及到底线，那么，忍一忍就过去了，然而偏偏，杜菲菲却是最不愿意听到这句话的人。

她讨厌这个世界的不公，更讨厌面临不公还要去忍耐。

“我……”杜菲菲不服气地张了张嘴，可是眼睛扫到家里餐厅上早就冷了的菜，不由得噎住了，“妈，您怎么还没吃饭啊！”

杜妈妈有低血糖，晚饭不按时吃，可是要命的大事！

“我吃了。”见自家女儿的注意力转移了，杜妈妈赶紧借坡下驴，“喝了点汤，别担心，我没那么笨，今天不是你要回来吗！我就留着好菜等你呢。”

杜菲菲的眼眶一下子就红了，她转过身看妈妈在厨房里喜孜孜地热饭热菜。视线一点点移开，家里已经很旧了，不管是缺了一角的桌子，还是洗手间泛黄的瓷砖，都在向杜菲菲昭示着，这个房子已经很老很老了。

杜菲菲不敢想象，要是没有自己的那一份收入，这个家会变成什么样子。

吃饭的时候，妈妈一直给杜菲菲夹菜。今天的这一顿，可以说已经非常丰盛了，尤其是妈妈做了很少会出现在她们家餐桌上的黄鳝和鲈鱼。

吃饱饭，杜菲菲摸着鼓起的肚皮，笑眯眯地说：“妈，我快变成猪了。”

“胡说。”杜妈妈瞪了她一眼，站起身来收拾桌子，“哪有这么说自己的。”

“妈您放着别动，我来。”

她赶紧站起来，一个不小心，白惨惨的日光灯下，缠着纱布的手腕格外的显眼。

“这是怎么回事？”杜妈妈连桌子都不收拾了，手在围裙上擦了两下，就要来抓杜菲菲的手。

“没什么啦。”杜菲菲笑得讪讪的，“我不小心，在路上磕了一下。”

“胡说，磕一下要缠这么多的纱布吗？老实跟我说，到底怎么了？”杜妈妈的神情已经有些严厉，“菲菲，你告诉我，你又去工地上干活了对不对？”

“妈……”杜菲菲伸出手来拉着妈妈的胳膊，不停摇着。

“不要碰我。”杜妈妈使劲想撇开杜菲菲的手，又担心弄到她的伤口，刚想使力，却又轻了下来。

杜菲菲倾身一把抱住母亲，把脸埋在妈妈馨香温软的脖颈处：“妈，不要生气嘛，搬砖一天有一百多块呢！我保证，以后绝对绝对，会小心的。”

“你还敢有下次！”杜妈妈怒目圆睁，抬头正要教训她，却见女儿的脸上虽然还是那副笑嘻嘻的模样，其实早就满是疲惫，不由得心里一酸，“要不是你爸他……”

“妈……”

“都是我不好，当年如果我可以忍一忍……”

“妈！”

杜菲菲猛地提高了嗓音：“妈，不要再提那个男人了，这么多年他有过一回来看我们吗？你病得晕倒的时候，他在哪里？为了几百块的学费，你到处去求人的时候，他在哪里？我小时候，因为没钱吃饭，饿晕在学校的时候，他又在哪里？”

回想往事，杜菲菲心中憋着一口气。

“明明就是他抛弃了我们，你一点儿错也没有，错的是他，是杜伟峰！”

“菲菲……”

杜菲菲没等妈妈把话说完，就转身进了自己的房间，“砰”的一声把门关上了。

3

“爸爸！爸爸你为什么要走？爸爸！不要离开我们！”

耳边响起了模糊的声音，遥远得好像是来自另一个世纪，杜菲菲望向窗外晦暗的天空，眼前渐渐变幻，记忆回到了10年前那个炎热的午后。

父亲做生意发了一笔财，就离开了她和妈妈。那时候自己年纪还小，只是在跟别的小朋友吵架的时候才知道，原来爸爸早就在外面有了别的女人。

杜菲菲记得父亲离开的那一天，她和妈妈整整哭了一夜，那一天，杜菲菲觉得，年轻漂亮的妈妈，好像一下子就老了。

可是等到第二天，杜菲菲和妈妈两个人才发觉，她们的财产，已经被绝情的父亲提前转移了。除了留下这个又小又破的屋子，家里的存款，还有一些存在银行的黄金饰品，都被他挪走了！

就是那一年，妈妈去舅舅家借钱，舅妈始终不松口。还是妈妈跪在大舅面前，他们才借了妈妈三千块钱用于日常周转和交杜菲菲的学费……

这么多年来，杜菲菲从来没有接到杜伟峰的只言片语，更别说经济资助了。

后来妈妈的工厂倒闭，杜妈妈千辛万苦地找工作。因为太辛苦，杜菲菲15岁那年，妈妈低血糖发作，就这么病倒了。每个月的医药费又是一大笔钱。为了贴补家用，杜菲菲小时候就开始捡破烂，她刚满18岁那天的记忆，不是开心地庆祝自己成年，而是开心自己终于可以打工，为家里减轻负担了。

杜菲菲愣愣地看着手腕上的伤……要不是因为杜伟峰的自私，她现在应该有一个幸福和美的家，妈妈也不会病倒。

“我一定要考到律师证，成为真正的大律师，帮我，也帮妈妈，讨回公道。”

杜菲菲眼中闪烁着坚毅的光芒。

酷热当头，S大校园的运动场里。身穿绿色军装的大学生们身姿挺拔地站在烈日下。甚至能看到水蒸气从他们头顶袅袅升起。离这群快被太阳蒸成人干的学生的不远处，却有一处格外阴凉的地方。两棵参天的大榕树冠如伞盖，树下乘凉的人简直是坐在世外桃源中。

乐西寺就坐在这处阴凉地的石阶上，感叹着说："充满活力的大学生活啊……"

说着，他伸了一个大大的懒腰。猛然发觉教官凌厉的视线扫来，于是赶紧捂着肚子，一脸愁眉苦脸地装病。教官上下扫了他好多眼，最后还是被他那精湛的演技给成功骗倒，又去祸害那群新生了。

顶着女生们心疼的目光，乐西寺从包里掏出平板电脑，开始用心研究起游戏战术。昨天在苏昭那里弄到假条以后，他今天装模作样地站了会儿军姿，就捂着肚子连声哎哟地装病。教官明明知道这小子有鬼，也只能任他逍遥自在地休息。

"千金笑，中国电竞界首屈一指的年轻天才，实力与另一位大神'流星'不相上下，曾在08年的世界电竞大赛中勇夺冠军，实力碾压韩国对手金权宇……"

乐西寺就是这段文字里的大神"流星"，他还记得当年的那场比赛，自己获得的是亚军，第一名就是这位"千金笑"。

虽然比赛是在各自的电脑上进行，彼此见不到对方的真容，但也只是在那一次，乐西寺才发觉这个世界上竟然有比自己更厉害的人物，于是也把这个千金笑列为自己最重要的对手，下个月的China idol比赛，“千金笑”也会来，一想到这个，乐西寺就浑身充满了力量。

这是一种什么样的感觉呢？

与其说挑衅，不如说兴奋才更合适，棋逢对手，风云际会，虽然连对方是男是女都不知道，但高手之间的对决，光是听到对方的名字，都会让人热血沸腾。

“同学，这位同学？”

正在暗自激动间，忽然，肩膀上传来一股力量，一个清脆的声音从身后响起，打断了他的思绪。

乐西寺刚转过头，就看到一个女生高举着空塑料瓶，正对着自己摇晃着。

“同学，放下武器我们还是校友。”乐西寺道。

“哦。”意识到自己的举动很傻，女生赶忙放下瓶子。原来这个女生是杜菲菲啊！

天边早已被太阳镀上一层金光，巨大的树荫遮住了阳光，但细碎的光影透过层层叠叠的枝叶，打在女生逆光的脸上。女生的脸上是一层柔和又温暖的明亮。

少女的眼神清澈，她的面容白皙，五官小巧精致，眼睛里带着笑意，就这么直直地看着乐西寺，他不由得有一瞬间的发愣。

“有事吗？”还以为是搭讪，乐西寺忍不住皱了皱眉。

“啊，同学，你终于理我啦。”杜菲菲粲然一笑，晃了晃手里的矿泉水瓶，瓶身的包装纸已经被她揭下来了，“这个，你不要了吧？我拿走了。”

他简直怀疑自己听错了：“你……你只是要这个瓶子？”

“对啊，我要拿去卖钱。”

乐西寺终于注意到女生手里巨大的垃圾袋，他看看那个在太阳底下反射光线的瓶子，再看看杜菲菲的脸，确认对方没有认出自己，心里难免闪过一丝失落，但是更多的却是对杜菲菲这个回答的兴味盎然。

“卖钱？”

杜菲菲两手都戴着白色手套，大大的蛇皮袋里已经装满了一半瓶子，看来已经劳动了挺长时间。

“嗯。”她羞赧一笑，似乎也因为打扰了别人而不好意思，“拾荒换钱，学校这块儿都被我包了。”

“哦……”

“你不介意的话，我就把这个拿走啦！”杜菲菲再一次晃了晃手中的水瓶道。

“好。”乐西寺回答得很干脆，只不过看向杜菲菲的眼神里的好奇，比之前又多了很多。

杜菲菲自然没有注意到男生看她的眼神变化，她在收掉了他的水瓶后就准备去下一个地方，可是就在她转身的时候，却被叫住了。

“我们见过，你记得吗？”乐西寺看着杜菲菲，实在不甘心就这么被忘记。

“嗯？”杜菲菲明显愣了一下，开始仔细端详乐西寺，看了好久才一敲额头，“不好意思啊！那个，我可能是什么时候发过传单给你，同学，打扰啦！”

乐西寺大度地笑了笑，手在身上拍了拍，站起身来，冲杜菲菲伸出手：“那就现在认识一下吧，我叫乐西寺，计算机系的，校友。”

“我叫……”杜菲菲下意识就要伸出手，可是看到自己脏脏的手套，还是没有伸过去，“我叫杜菲菲，是法律系的。”

“杜菲菲……”乐西寺轻轻重复着这个名字，眼底闪过一丝玩味的笑，“这样我们就算认识了，以后碰面，可要准确叫出我的名字。”

也不知道为什么，杜菲菲总感觉他话里有话似的，难道他们以前真的见过面吗？杜菲菲在脑子里搜寻了一圈，还是没有找到相关的记忆，不过她也懒得再想，点了点头，背起袋子走了。

“总算是让你记住我了。”

好看的薄唇轻启，乐西寺的眼里散发出妖孽般的魅惑之光。

4

一天的工作结束了，辛苦了一天的杜菲菲到学校附近的废品收购站，把今天捡的废品交给这里的管理人员。她收好钱，从收购站走出来时已经是黄昏，校园内外都笼罩在一层淡淡的乳黄色光晕中。

S大风景秀丽，在众多大学中也是出名的。但是现在的杜菲菲没有心情去欣赏这些美好和宁静，因为她还要赶去打工送外卖。

走出大学门口，杜菲菲准备去另一条街上取自己锁好的电瓶车，可才刚刚拐了个弯，就不知道哪里蹿出来一个五大三粗的男人，一把拉住了自己的手臂。

“妹子！咱妈都病成那样了！你还在外面不回去，她真的很想你呀！”那壮汉一手拉着杜菲菲，眼神和表情却是一脸悲痛，好像杜菲菲真的如他口中所说一般那么不孝。

他旁边停着一辆面包车，透过玻璃，她看到里面还坐着几个人。

“你是谁啊？我不认识你！放手！”杜菲菲一头雾水，大声呵斥着。

傍晚时分，路上还有很多行人经过，见到这副情景，有不少人都纷纷围上来看热闹。杜菲菲心里害怕起来，拼命想要挣脱对方的手，可那人力气实在太大了，一时半会儿根本没有办法脱身。

“我说诸位，你们评评理，这是我家小妹，从小就在咱家里娇生惯养的，养成了现在一副小姐脾气……”

说着那壮汉的手机响了，只见他接起电话，才听了两句，就开了外音——

“囡囡！妈好想你啊，你回来好不好……”

虚弱的女声从电话里传出来，周围原本还有些怀疑的群众此刻一脸愤慨，纷纷在旁边劝说起来。

“姑娘，回去吧，你看你妈都病成那样了。”

“就是，现在的孩子啊，就是太不懂事了。”

……

周围的声音纷纷乱乱的，杜菲菲孤立无援，都快疯了，她拼命解释："不是的，你们相信我，他真的不是我哥！电话里面的人也不是我妈。我妈就在S市，你们相信我……"

"妹妹啊！"那汉子听杜菲菲这么说，眼眶瞬间一红，连泪水都蓄上了，"你怎么能说这样的话呢？咱妈是不同意你和那小子来往，但你也不能这么伤她老人家的心啊！"

那汉子说着说着，竟然真的哭了起来，但拉着杜菲菲的手却慢慢加重了力道。

"我不是，我真的不是……"杜菲菲举目四望，突然发觉四周围着的人全都用一种责怪的眼神看着自己，可是她连对方是谁都不知道！

"妹子！我不管你今天怎么想，你今天一定要跟我回去。"那汉子哭着哭着，突然一声暴喝，扯住杜菲菲就往车里走。

"我不去！我不认识你！"

就算是再迟钝也知道，自己这是遇到坏人了！

杜菲菲几乎用尽了全身的力气反抗，还试图和身边的围观人群求助："请帮帮我！我真的不认识他！"

但是人群却渐渐散了，还有人竟然不屑道："真是世风日下，居然连自己的亲妈都不认。"

"站住。"

正在绝望间，一个冷冷清清的男声，忽然在人群渐散的小道上响起，带着不容抗拒的威严。

恍惚间，杜菲菲看到一个白色的人影朝自己跑来，在她还没来得及反应的时候，只听身后那人闷哼一声，同时也松开了抓住自己的手。

骤然得到自由，她还有些发愣，等到反应过来时，却看到男生早已和一群人打斗起来了。

“你！”杜菲菲瞬间反应过来，这人是白天见到的那个……那个什么来着。

对了！乐西寺！

“啊！”杜菲菲猛然一声叫！

因为她看到那壮汉被乐西寺一拳打到鼻梁之后，正要挥拳偷袭乐西寺。

可是还不等杜菲菲这声喊叫完，乐西寺就好像脑后长了眼睛一般，一个左勾拳回身打在了那壮汉的脸上，将他打得后退了好几米。此时那帮坐在车里的人高马大的人贩子们也都下了车，他们团团围住乐西寺。正在杜菲菲担心的时候，却见男生只是一个扫堂腿和勾拳，就把这群不入流的流氓给打趴下了！

就在乐西寺教训那帮人贩子正欢的时候，突然——

“砰！”

一声巨响！

众人都吓得停了下来。

乐西寺转头，就看到站在小路上，手里抱着大扫帚满面惊恐的杜菲菲，之前被乐西寺打倒的壮汉捂住裆下，正疼得在地上打滚。

“他……他要偷袭你。”杜菲菲结结巴巴地说。

乐西寺想笑，但身后拳风呼来。他一闪身，那人就从他身后这么笔直地冲了出去，他反手一拉，一个勾拳，将来人干翻在地。

“我已经报警了，这个人是我同学，她家里有什么人我比你们清楚多了，你们几个也不掂量掂量自己几斤几两，就敢在大马路上公然抢人，当我们S大的学生都是猪脑子么？”

说着，他有意无意地看了眼之前围聚在周围的几个学生模样的人，那几个人都露出了难堪的表情，为之前没有及时识破这帮坏人的蹩脚谎言而感到羞愧。

“我来帮忙！”人群里一声喊，几个高大的男生从人群里走出来，就要上前帮乐西寺一起去制住这帮坏人。

但是坏人太狡猾了，一个跌倒在地的大汉突然“嗷”的一声尖叫，表情像见了鬼一般，众人只是一愣神的时间，那5个人立马从原地跳起来，一瞬间消失了个干干净净。

等那面包车呼啸着离开众人的视线的时候，远处传来了警鸣的声音。

杜菲菲说：“警察总是来得慢一些。”

“没关系。”乐西寺趁杜菲菲愣神拍了拍她的头说，“没事就好。”

杜菲菲满脸真诚地看着对方：“谢谢你乐同学，要不是你，我今天可就出大事了。”

“这不算什么。”

乐同学在心里偷偷暗爽，故作矜持地点点头，正要来一番义正言辞的耍帅。忽然，耳边传来警察叔叔的声音。

“同学，是你们报的警吗？不好意思，请跟我们去一趟公安局。”

5

从警局录完口供出来，杜菲菲和乐西寺才惊觉时间已经很晚了，杜菲菲抬手看时间，时针已然指到了10点的位置。

“啊……这么晚了！”杜菲菲惊呼！

“怎么了？”乐西寺问道。

“打工那里！”杜菲菲一脸焦急，但是急了一会儿忽然又释然了，“算了……明天给店主道歉吧……今天的工钱算是泡汤了……”

“也没有办法，摊上了这样的倒霉事。”乐西寺安慰她。

“太可惜了，我们应该抓住他们，这帮坏人，应该天诛地灭！”杜菲菲一说起这件事就气不打一处来，怒斥道。

缓过神来后的杜菲菲，录完口供后从公安局出来，早已不是刚才一朵娇花的小可怜模样，她已然成为了正义的化身，仰头看天，双手合十，就差说出那句著名的“代表月亮消灭你哦”的台词了。

“杜菲菲，你真是……”男生停顿了一下，“比我想象的都要有趣呢……”

“你说什么？”杜菲菲没听清，问道。

“没什么。”乐西寺抬起头来，捂住肚子，漂亮的眼睛里闪过可怜兮兮的神色，“为了帮你，我还没吃饭呢，请我吃饭吧。”

“啊？”杜菲菲捂住钱包，一脸惊恐地看着乐西寺，“你怎么这样，不是见义勇为吗？居然还要我请吃饭！”

“你也太抠了吧？我可是为了救你，差点连命都没了。”

“可你现在不是好好的嘛！”

乐西寺语塞，忍不住调侃：“喂，你这么小气，小心没人要啊。”

“我又不稀罕。”说着杜菲菲昂首挺胸，一脸憧憬地转身，“我以后要当大律师，惩奸除恶！有没有人要，我才不在乎呢。”

“那未来的大律师，请我这个见义勇为的老百姓吃碗馄饨，不算过分吧？”不知不觉，两人已经来到了一家小吃店门口，乐西寺双手插着口袋，微笑着说。

他虽然只是穿着简单宽松的棒球服，可站在人来人往的街道边，却好像微微发着光，和周围的一切都不同，就像是画卷里的人，带着几分遗世独立的孤傲。

笑意不知道什么时候爬上了脸庞，杜菲菲点点头：“好吧！”

两碗热腾腾的馄饨端上桌，乐西寺一边嚷着饿死了，一边风卷残云地吃东西，眼见他这副饿死鬼投胎的样子，杜菲菲脑海里闪过一个画面。

“啊！”她指着乐西寺，“我想起来了！我见过你！你和苏老师……”

乐西寺一点都不惊讶地斜睨了她一眼，往嘴里塞了个馄饨：“你才想起来呀。”

他以为杜菲菲会不好意思，哪知道对方只沉默了一秒钟，就大叫道：“你家这么有钱，居然还要我请客！”

“噗……”乐西寺差点一口汤喷了出来！

这个女生也太奇怪了吧，难道是从火星来的吗？完全记不住自己的脸也就算了，兼职打5份工、去工地搬砖、军训时捡别人不要的塑料瓶……一般的女生干不出这些事吧？

一想到这个，乐西寺忍不住心头的好奇：“杜菲菲，你为什么会捡垃圾呢？还到处打工那么累……你不是苏昭班上的学生吗？”

杜菲菲忽然沉默下来，静静地舀着碗里的汤，不发一言。

“我说……”看样子，自己是问到她不愿意说的事了，乐西寺有些内疚，“你别生气啊，我就是好奇，要不然这样，今天的饭我请了……”

“好呀！”

一瞬间，杜菲菲就抬起了头，眼睛亮晶晶地看着他，脸上哪有半分忧伤的神色。

“喂！”乐西寺瞠目。

这也太狡猾了吧？

“话说回来，你今天看着平板电脑，嘴里还念念有词，是在做什么呀？”吃完饭后，回学校的路上，杜菲菲好奇地问道。

“我？”她终于对自己感到好奇了，乐西寺内心无比雀跃和振奋，他咳嗽一声，抬起头看了看天上的月亮，装出一副云淡风轻的样子。

“电竞，我那是在研究电竞战术。”

乐西寺静静地抿了抿薄唇，等待着杜菲菲发自内心的夸奖和崇拜，然而等了好久，对方才迟疑地开口。

“呃，电竞是什么……”

忽然之间，杜菲菲一拍额头，兴奋地说：“哦！我知道了！就是打游戏！电脑游戏！对不对？”

“也……也可以这么说……吧……”乐西寺垂下头，有气无力地回答。

其实乐西寺虽然在游戏圈很有名气，但他平时却非常低调。他玩电竞这件事，要不是主办方报道或是宣传，一般他都不会主动跟别人说起，不过现在这个时代，他还是第一次见到杜菲菲这样的女生，居然把电竞这么高端的竞技项目，和“打游戏”划上等号，难道她以为自己是街头混混一样的网瘾少年吗？

“其实……”乐西寺试图解释，却被她打断了，杜菲菲语重心长地说。

“玩物丧志，也就是你们这样家里有钱的人才会这样肆无忌惮地玩，我说你，看你心地也算善良，趁早不要这么沉迷下去了，网络游戏害人不浅呢！”

乐西寺无言以对。

“对了，你为什么不找一份律师事务所的兼职。这样既可以学习又可以赚钱，不是两全其美吗？”他不想在这个问题上和杜菲菲纠缠，赶紧岔开话题。

“我也想啊，但是要进事务所就得有律师资格证，我才刚考上大学，司法书的边还没摸到，哪有那么容易啊。”

“哦，可是你这样每天到处打工，也没有时间好好准备考试吧？你现在的情况，学校应该有助学金的补助才对，为什么要浪费时间呢？”

“我……”杜菲菲才要回答，却像是想到了什么，转眼声音低了下去，他们此刻正走在回学校必经的一条S市的主河旁，她转身看着黑夜中流动的河水，远处河面上渡轮的霓虹灯闪烁不定，“我缺的可是一大笔钱，只有助学金是不够的……不过，我总有一天可以用自己的方式，去追寻梦想。不管前面有多少荆棘坎坷，我都一定会跨过去的！”

乐西寺站在杜菲菲身边，不知道为什么，他的心突然猛烈跳动了一下，心底有一种陌生而又奇怪的情绪在酝酿。杜菲菲娇小的身躯笼罩在月色中，她那么瘦小，可是却能够爆发出这么巨大的能量，像一颗小太阳一样无时无刻不在散发着耀目的光。

乘船渡过主河后，很快就到了学校了。可是等到了校门口两人才发现，学校的大门早已关闭。

杜菲菲在门口叫了半天，门卫也没有出来开门，看来是打定主意不想给这帮新来的学生走后门，要让她们受点教训。

“学校附近的商场有个电影院，我们去看夜场电影，打发打发时间。”

悠悠地，乐西寺的声音从耳边传来。

杜菲菲皱了下眉："看电影？可是……"

"我请。"

"行。"

见她就这么干脆利落地答应下来，乐西寺又好气又好笑地摇摇头，跟着杜菲菲一起去了离学校最近的电影院。这个时候，电影院人已经很少了，午夜场的电影票也便宜，看到票价只有10块的时候，杜菲菲放心大胆地和乐西寺走进了电影院。

电影院里放的是之前的香港老电影。昏黄的色调，怀旧的音乐，杜菲菲小时候在电视机里看过，现在再看，只觉得几天以来的疲惫，似乎都在这一瞬间一起涌来，没几秒，她就沉入梦乡。

身边响起了轻微的打呼声，乐西寺转头，就看到杜菲菲睡得一脸安详的脸。

像只小猪。

小猪才会不挑地方哪里都可以睡，还打呼，还嘟嘴，额前细碎的长刘海儿被呼出的气体吹得轻轻飘动。

女生的头一点一点的，眼看着就要滑下去，乐西寺赶紧一侧身，她没有什么重量的小脑袋就这么靠在了他的肩膀上。

"真是……"

乐西寺觉得自己有些心疼，又有些宠溺，糅合在一起，他竟然也不懂自己对杜菲菲是什么样的感情了。

一开始只是觉得这个女孩子挺好玩的吧？

杜菲菲睁开眼睛时，影院早就打开了灯。看看时间，刚好是早上7点。杜菲菲起身，看到自己身上盖着件外套，是乐西寺的，她有些茫然地拿起外套，四处张望，却不见乐西寺的身影。

“先走了吗？”杜菲菲嘟囔着，才睡醒的脸有些懵。

肩膀上被人冷不丁地拍了一下，杜菲菲转头，就看到乐西寺提着早餐笑嘻嘻地站在了自己身后。

“你也太能睡了吧，我就差朝你脸上呼巴掌了。”他说着，就把早餐递给了杜菲菲。

“我也不知道，昨天晚上比在宿舍睡得还好，可能是因为今天不用赶着去兼职吧。”杜菲菲不好意思地说，“谢谢你的衣服，乐西寺，不好意思啊，害你在电影院陪了我一晚上。”

“嗯，你确实要好好谢我。”乐西寺一脸高傲。

“不过我可不请客吃饭也不花钱，除了这些，别的你要我帮忙，我一定义无反顾。”

“哈哈，放心吧。电影院要开始营业了，我们走吧。”

……

6

一大早的，两人一起一边啃着早餐一边走。可才刚到学校门口，杜菲菲就看到自己的3位室友，正肩并肩走在校园主干道上，惹得路过的同学们频频侧目——其中，一身清丽打扮却丝毫不掩大小姐风范的苏南星最为惹眼，而吊带超短裙的韩纯也吸引了很多人的眼球，唯有朴素的陈晴仿佛小白花一般，衬托着两颗明珠。

杜菲菲正要和她们打招呼，却被陈晴眼尖地看到了，她开心地招了招手。

“菲菲！”

杜菲菲眨了眨眼睛，一口气喝光手里的豆浆：“苏南星，陈晴，你们怎么在这里？”

前天在工地上看杜菲菲真的在搬砖，带给苏南星的冲击确实不小，她虽然一身的大小姐脾气，但其实内心还是很善良的，于是也对杜菲菲绽开了笑容。唯独韩纯，听说杜菲菲搬砖的事以后，看她的眼神就颇有些淡淡的鄙夷。

不过，她这种鄙夷，在看到杜菲菲身边的乐西寺的时候很快就化成了惊愕。

“菲菲！你怎么和乐西寺在一起啊？”还不待韩纯发问，苏南星就跳到杜菲菲身边，抓住她的手问。

杜菲菲被问得一愣，随即抬头看了眼乐西寺，正要说话，却被韩纯打断了。

“应该是刚好遇到了吧。”韩纯看了杜菲菲一眼，“话说你这么早从校外回来，昨晚去哪里了？”

“不是刚好遇到的。”杜菲菲老实地解释，“我昨晚遇到了坏人，差点儿被人带走，幸好他救了我，后来录口供回来后校门关了，就在电影院睡了一晚。”

“什么？”苏南星猛然尖叫起来，“你……你差点儿被人掳走？”

大家都觉得很吃惊，陈晴还一脸关心地问：“你有没有受伤啊？”

杜菲菲摇了摇头，苏南星又突然之间两眼冒出精光：“哇！我身边可从来没有发生过这样的事情，这可是个很好的写作素材呀！菲菲，我能不能采访一下你……当时是什么情况，你是怎样的心情啊？”

“还有乐西寺！”她目光闪闪地看着乐西寺，一脸的梦幻与憧憬，“他英雄救美，你们是不是产生了一种难以言说的羁绊？啊……想想就浪漫啊……这就是我要的小说情节啊……”

乐西寺才刚刚悠闲地吃完了早餐，听到这句话，差点儿没吐出来，杜菲菲呆呆地看着苏南星，淡淡地说：“哦没有，我帮他一起打退了坏人，然后和警察一起走了。”

“就是！”乐西寺擦了擦自己手臂上冒出来的鸡皮疙瘩，恶狠狠地瞪了苏南星一眼，“你说的那种事情，完全没有发生！”

“喂！”苏南星顿时少女心碎裂，她幽怨地看了看杜菲菲，谁知道，突然从旁边伸出一只手，把她从杜菲菲面前推开了。

韩纯那张漂亮的脸上堆着笑，忽然变了一张脸：“菲菲呀！你遇到这种事怎么能不告诉我们呢？我可是担心了你一晚上呢！”

“啊？”

“不过早知道你和乐西寺在一起，我也就不用那么担心了。”说着，韩纯还冲杜菲菲眨了眨眼睛，就在杜菲菲怔愣的时候，她突然放开手，走到西寺身边，“乐西寺，久仰大名！我叫韩纯，S大人资系一班的！”

“你好。”可是乐西寺却好像并不买她的账，礼貌而生疏地回应了下。

韩纯那黑亮的眼珠转了转，冲乐西寺笑道：“下个月China idol的比赛准备得怎么样了？预赛时期，遇到敌手了吗？”

听到韩纯说起这个，乐西寺白皙的脸上忽然闪过一丝兴味，他上下打量了她一番，似笑非笑地点点头：“还行。”

“我可听说，千金笑在预赛里很威风呢，你没有遇到他吧？”韩纯已经俨然化身为一枚电竞小粉丝，没话找话说。

杜菲菲，苏南星和陈晴都听不懂这两人在聊些什么，面面相觑，完全插不上话。

“菲菲……”苏南星突然凑过来，神神秘秘地压低声音，“你和小寺在电影院睡了一晚，你们是不是……是不是……”

她贼心不死地围着杜菲菲打转，还想挖掘感情故事，当自己写小说的素材。

“没有。”然而，杜菲菲面无表情地打碎了苏南星的幻想。

而另一边，乐西寺和韩纯聊得也还算融洽，最后韩纯甚至拿出了手机：“我们认识这么有缘分，不如留个联系方式吧，以后一起出来玩啊。”

乐西寺微笑着点了点头，黑曜石般的眼睛里露出一丝狡黠，眼神突然瞟向了杜菲菲，韩纯见状，马上走到杜菲菲身边，一把挽起杜菲菲的手：“菲菲！”

杜菲菲听到那亲昵声音的一瞬间，看韩纯的表情就跟见了鬼一样，之前整个宿舍最嫌弃自己的就是她，怎么会突然这么亲热？

“菲菲啊……”韩纯熟稔地挽住她的手臂，真诚地看着她，“你要回宿舍吗？我们一起吧，我们本来是出去买早点的，正好我也累了，早餐回去叫外卖吧。”

“是啊，你们一起回宿舍吧，大家彼此都有个照应。”乐西寺双手抱臂站在那里，懒懒地开口说道。他朝一头雾水的杜菲菲挤了挤眼睛，韩纯马上也跟着随声附和。

“对，菲菲你昨晚受苦了，回寝室好好休息。”

杜菲菲就是再迟钝也懂了……韩纯这是看上了乐西寺？误会自己和乐西寺关系很好，所以希望通过自己，来给他留下好印象？

“你误……”想到这一层，杜菲菲就要开口解释，却被陈晴的话打断了。

“你俩都不去，我和小星也不去了，一起回寝室等外卖吧。热死了，这才站了这么点时间，太阳就出来了。”

经过她的提醒，众人这才发觉外面确实已经开始升温，几个娇滴滴的女生已经开始热得皱眉，乐西寺也乐得赶紧躲避苏南星时不时瞟向自己的热切眼神。

“那今天就先这样吧，我也要去上课了。”

见乐西寺要走，韩纯叫住了他，含羞带怨地说：“你还没给我你的微信号呢。”

“哦……”乐西寺意味深长地看了杜菲菲一眼，掏出手机，冲她们几个说，“既然今天都认识了，彼此都留一下微信吧。”

“我没有。”在苏南星和陈晴掏手机的时候，杜菲菲坦然地说，“我买不起手机。”

这个时候，乐西寺才突然想起她的“贫穷论”，自己怎么忘了，她可是真的穷啊……

回到宿舍，韩纯拉着杜菲菲的手，旁敲侧击地问乐西寺的事，陈晴在一旁取笑她：“这个乐西寺还真厉害啊，才见了一面，就把咱们韩大小姐的心都勾走了。”

韩纯小手一摆，满脸神秘地说：“才不是只见了一面呢！你们知道他是谁吗？”

“计算机系的帅哥啊。”

“错了。”韩纯那张漂亮的脸蛋上，满满都是憧憬，“他可是我们国家很有名的天才，15岁就拿到国际电竞冠军的大神——流星！”

“电竞？”

陈晴和苏南星一脸诧异，虽然苏南星知道乐西寺和哥哥的关系好，但确实不知道他竟然是大神。

“不就是打游戏吗？什么大神不大神的？”杜菲菲一脸不解。

“菲菲啊，这你就不懂了。”韩纯摆出一副科普的架势来，“电竞和网游，可不是一个概念！电子竞技可是现代高科技的产物。每一场比赛，都是一场没有硝烟的战争！未来的战争，就是信息战争，未来的世界，就是虚拟的世界！这个东西可是很需要智商的，智商不行，压根就别想碰。”

3个女生被她说得一愣一愣的，很久之后，陈晴才憋着一口气问：“韩纯，你是怎么知道乐西寺是电竞大神的啊？你也玩这个？”

“啊？”韩纯被问得一怔，随即哈哈大笑，“哈哈哈，那个，正好……我有时候会关注一些这方面的东西，呵呵，呵呵。”

她心虚地笑了一会儿，赶紧转换话题：“菲菲，你对乐西寺真的一点儿都不了解吗？他不是还救了你吗？你们应该关系不错吧？”

“我真的和他不熟，就是昨天白天捡垃圾的时候，跟他要了个空矿泉水瓶而已，他帮了我，可能是因为人很正义吧。”

杜菲菲愣愣地说，刚刚韩纯那一番话，完全颠覆了自己的观念……时代变了，难道玩游戏，也变得这么高级了？

“对了，电竞玩得好，还可以赚大钱呢！”

说到最后，韩纯意犹未尽地来了一句，这下子，杜菲菲彻底被打击到了，她捂住心脏默默地爬上了床。

“跟你们说哦，我的新小说，就是以小寺为原型的呢……”

苏南星絮絮叨叨地在和另外两位女生说什么，杜菲菲已经听不到了，她觉得自己丢脸丢到姥姥家了，不知道电竞为何物也就算了，竟然还说出那么没有见识的话，还在一个大神面前，义正言辞地教训他。

苍天啊，杜菲菲闭上眼蒙住头。

降道雷劈死她吧。

第三章

组队成功！

1

一整天杜菲菲都神思恍惚。杜菲菲来到了工地，和刘叔一起搬砖。

“刘叔啊，你知道什么是电竞吗？”杜菲菲懵懂地问。

“电竞？听我家小丫头念叨过，听说最近很流行。咋啦？你有兴趣？”刘叔头也没回地回道。

比自己大好几轮的刘叔都知道什么是电竞！比自己小一轮的刘家小丫头都知道啥是电竞！只有她！她居然还不知道！

好丢脸啊……

事情虽然已经过去了这么久，但丢脸的羞耻感让杜菲菲完全沉浸在了自己的世界，以至于刘叔喊了她好多遍她才回过神来。

刘叔此时正一脸紧张地看着她，杜菲菲疑惑道：“刘叔，怎么了？”

“杜菲菲？”

杜菲菲这才注意到，刘叔身后站着包工头和一个领导模样的人。那人一身西装革履，戴着一顶崭新的安全帽，三四十岁的年纪，正一脸威严地盯着她。

“你多大了？怎么在这里工作？成年了没有？跟公司签合同了吗？”那人不等杜菲菲回答，连番几个问题下来，句句咄咄逼人。

“我……”

杜菲菲正要回，却听那人又开始说了。

“你们这是怎么回事，工地是谁都能来得了的吗？看她这个样子，能多砌几块砖还是多打几个洞？我看连推车都推不动，这不是浪费资源吗？”

“我没有，我都是……”杜菲菲想说自己是和工地签了兼职合同的，而且她做的事也不比大家少，只不过是工友们为了照顾她没有让她干太重的活儿而已，但是对方完全不让她说话。

“赶紧领她去结算工资，别留在这儿了。”

就这样被人单方面解雇，眼看着那人要走，杜菲菲正要上前扯住对方理论一番的时候，头顶突然响起几声脆响——

“小心！”

她正要抬头，一股大力从后面冲来，刹那间，只听见“啪”的一声脆响，她回过头，就看到自己刚才站立的地方落下了一块砖，砸得四分五裂。

众人抬头看，才见到头顶正在砌砖的工友，他早已吓得面无人色：

“我……我不小心……”

“没事吧？”熟悉的声音从耳边传来，杜菲菲原本僵硬的身体一个机灵，她转过头，就看到了乐西寺那张略带焦急的帅脸。

杜菲菲沉默地摇了摇头，顾不上去想为什么乐西寺会突然出现在这里，要不是他出手及时，恐怕她现在已经脑袋开花了。

“菲菲……”刘叔走上前来，也是一脸后怕，“刚才李工说得对，咱们这儿终究不适合你，算了菲菲，等会儿去财务那里领了工资，就回去吧。刚才这种事要是再发生，可咋办。”

“刘叔……”杜菲菲嘴唇动了动，她也知道刘叔确实是为了自己好，但是，她缺钱。

工地的活儿虽然累，但是一天下来也有将近两百块。半个月就能赚到自己的生活费，她实在是舍不得。

“是啊菲菲，你还是听刘叔的吧，这地方不适合你。”

“刚才可吓死我了，你可是高材生啊……”

……

周围的工友们也七嘴八舌地说起来。

“走吧。”身边的乐西寺叹息一声，拍拍她的肩膀，“大家都是为了你好。”

杜菲菲最后还是选择了接受这次辞退，跟乐西寺一起去财务室结算了工资。走的时候，杜菲菲往刘叔的宿舍床上塞了五百块钱，看着乐西寺不解的表情，杜菲菲解释道："刘叔一直照顾着我，要不是他帮我，我根本就做不下去。"

女生的话很轻柔，这是乐西寺认识她这么久以来第一次见她露出这样柔软的表情，不知道为什么，乐西寺突然觉得自己的心里有一阵奇怪的情绪在升腾。

他突然很想去看看这个女孩子的很多面，不管是她的强悍，还是她的干练，不管是她的努力奋进，还是像现在这样柔软的善良。

走在夜幕降临的校园里，因为失去了一份工作，杜菲菲难免失落。但那股害怕一旦过去，她就不由得好奇起来。

"对了，刚刚你怎么会出现在那里？太巧了吧。"

乐西寺一怔，高挺的鼻翼两侧升起两团红晕。脸色瞬间有些不自然……总不能说他从昨晚和杜菲菲分别后，满脑子都是这个奇怪的女孩子，所以才一军训完就去工地偷看她吧？

"那个……我，我路过！"

"路过？"杜菲菲狐疑地看着他。

"对啊，路过。"乐西寺干笑了两声，岔开话题，"吓死我了，要不是我抓得及时，你这小脑袋就开花了。"

"是啊。"杜菲菲摸着自己的脑袋，转过头冲乐西寺道，"谢谢你啦，你又救了我一命呢！"

可是转瞬之间，想起接下来的生活，她又不由得轻轻叹了一口气：“不过明天又要开始找新的工作了，到哪里才能找到这么高工资的工作呢？”

乐西寺沉默了一下，过了好一会儿，才微微张开薄唇，轻声说：“如果你是因为这个而烦恼的话，或许我可以帮你。”

“嗯？”杜菲菲停下了脚步，看向他。

“嗯。”乐西寺顺手从口袋里摸出一张名片，难得地露出几分局促，“这是我的名片……我们工作室刚好在招生活助理，如果你感兴趣的话……”

杜菲菲疑惑地接过名片，念声出来：“2S电竞工作室……乐西寺……”

念到这里，她震惊地抬起头来，看着面前这张英俊而张扬的脸。乐西寺被她这目光看得既得意又享受，但还是在压制着自己的小骄傲：“怎么了？”

“你……”杜菲菲失声了好一阵，才说，“你开公司了？”

“是啊。”乐西寺不无得意地说。

“哦……”杜菲菲没有再说话了。

两人之间出现了一段时间的微妙的沉默，杜菲菲拿着乐西寺的名片，发起呆来，乐西寺却在这沉默里消散了之前的那种骄傲，总感觉……气氛变得有些尴尬……

“你才刚刚大一，就成立了自己的公司……”杜菲菲的话语里说不清是失落还是羡慕，她呆呆地说，“我之前听韩纯说起过，电竞玩家，如果很努力是可以赚大钱的……你一定很努力，才会有现在的成就，相反，我……”

“你也很努力。”乐西寺打断了杜菲菲的话。在女生怔愣的时候，乐西寺认真道：“每个人都用自己的方式在努力着，我不过是运气好一点，所以，不要失落。”

被他看穿自己的失落，杜菲菲眼神一凛，想要强装不在乎，但最终还是泄了气。她说：“没有啦……我只是被你刺激到了，明明我们差不多年纪，你却这么厉害……”

“也没有啦……”虽然自己的动机本来就不单纯，但乐西寺还是有些受宠若惊。

“生活助理，主要是做什么呢？”

说到工作，乐西寺一下子正经起来，不过他的样子却有些苦恼：“我们电竞事务所，几乎全部都是男生，最近我们又要准备下个月的比赛，所以工作室里有点乱。生活助理，主要就是帮我们打理家务，做做卫生，准备一顿家常饭这些……时间很自由，你只要上课的空隙来就行了。”

“那工资呢？”

“你来的话，6000块一个月怎么样？”

一听到这么多钱，杜菲菲重重点头：“好，我明天去试试！如果可以胜任，你也能对我满意的话，我就做这份工作。”

月光的清辉遍洒，少女萌萌的脸蛋上显露出坚毅的神情，乐西寺脸上露出一抹神秘的微笑……

2

第二天，杜菲菲一大早就出门了。她凭着记忆，很快就找到了乐西寺的工作室，按响了门铃。

“丁零零……”

她站在门外，内心有些忐忑。这还是自己第一次不是因为送外卖，而站在这么漂亮的别墅外面——欧式雕花大门。漂亮的三层圆形建筑，别墅周围四处点缀着漂亮的花草。虽然杜菲菲不知道乐西寺竟然是这样有闲情逸致的人，但是隔远了看，这幢别墅正是因为有了这些应季节而开的花朵而有了生命力，别墅的一层和二层都是落地玻璃窗户。浅色的窗帘在微风的吹拂下轻轻飘动，建筑物里那些简约而不失品味的家具若隐若现，显示出主人随性低调的风格。

门很快开了。今天的乐西寺一身居家装扮，米色针织衫和条纹裤子给人慵懒随性的感觉。凌乱的头发映衬着那张清俊的脸，让他整个人都散发出清爽的味道。杜菲菲像是第一次见到乐西寺一样，不由得呆住了。

其实，在杜菲菲有限的人生里，她也见过不少好看的男生。但也不知道为什么，见到今天的乐西寺，她忽然觉得自己的心脏跳动得有些异常，脸上也热辣辣的。

也许是太热了吧，杜菲菲这么想着。

“进来呀，傻站在这里干什么？”一个清朗的男声忽然响起，惊醒了杜菲菲，另一个高大的身影出现在乐西寺身边，笑盈盈地看着她。

“苏老师！”杜菲菲一惊，不由得叫出声来。

“杜同学……”苏昭今天的装扮也和平日里在学校时不一样。他穿着干净的白T恤，笑起来仿佛是帅气的邻家大哥哥，“早上好呀！”

杜菲菲愣愣地有些回不过神来……这是第二次在这里见到辅导员了，要再多来几次，自己的心脏还真是难以接受。

“你家辅导员是我的搭档，我们一起玩电竞的。”不满他挤开了自己，乐西寺在一旁凉凉地说。

杜菲菲圆圆的眼睛一下子睁大了，她满脸的震惊：“老……老师！您也玩这个？”

“对呀。”苏昭一脸的理所当然，“怎么了？有什么不对吗？”

杜菲菲沉默了一下，随即摇摇头笑道：“没……没什么……”

果然是自己太大惊小怪了，看来，平时除了打工，还得多多关注现在流行的元素才行，免得一不小心就落伍了。

苏昭亲切地拍拍她的肩膀，大手一挥：“现在不在学校里，别叫我老师了，没有人规定了大学老师就不能打电竞了呀！走，我们进去聊。”

杜菲菲跟着苏昭和乐西寺走进别墅，穿过堆满了球鞋的玄关和走廊，苏昭推开门——

“哇！”她不由得叫出声来。

宽阔的房间里，是3排长长的桌子。桌上12台电脑全都开着。地上都是缠绕在一起的线。走廊尽头还有一个半开放式的玻璃房，里面的桌子上放着两台并列的电脑。

一群戴着耳机的少年们正在练习。他们的手指正在键盘上飞舞，时不时交谈着战术。他们大多和自己差不多年纪，目光如炬，稚气未脱的脸上满是认真的表情。这里没有一点乌烟瘴气的感觉，反而充满了朝气，仿佛他们手中正在做的事，就是这个世界上最重要，最单纯的事。

“这是小寺的工作室。”耳边响起苏昭的声音，杜菲菲转头去看，苏昭的表情不知何时变得充满了感慨，“这是小寺花了两年时间建立起来的电竞王国，这里的人都是他看好的潜力黑马，大家为了梦想都很拼命。”

为了梦想……

不知道为什么，杜菲菲心里的某根弦轻轻震动了。

就像她为了当律师而奋斗一样，这群少年，包括乐西寺，也在为了自己心中所坚守的那个目标而努力着……

“并不是所有的东西，都可以用黑或者白来定义，等未来全息技术进一步发展了，说不定网络游戏真的可以发展到现实中来。我期待着那一天。”乐西寺轻柔的声音响起，那双狭长优美的眼睛里泛着光，让人移不开眼睛。

“可是……”杜菲菲有些恍惚。忽然之间，她的心中也升起些许不甘，“可是我还是觉得不公平，你们……你们只是坐在这里动动手指头，就可以日进斗金，刘叔他们付出了劳动，却……”

“杜菲菲！”难得地，乐西寺打断了她的话，他收敛了脸上的笑容，“这个世界上，没有什么是绝对公平的！你看到的也不过是冰山一角，当你觉得我们轻松的时候，真的看到过我们付出汗水的时候吗？苏昭他曾经为了比赛练习过度，手指动一动都很困难，但他也还是坚持了下来……你真的能明白什么叫梦想吗？”

杜菲菲听得有些发呆，第一次有人对她说这样的话，一时间，她有些反应不过来。苏昭看她这样子，叹了一口气，责备地看了看乐西寺，乐西寺扭转头去看窗外，英俊的脸上闪过一丝懊恼。

“小寺就是这个样子的，他关心你所以才会说得有点重，不要往心里去。”苏昭安慰杜菲菲。

“我没事。”杜菲菲只是沉默了一秒钟，就重新抬起了头，她认真地看着乐西寺，“我需要做什么？”

3

乐西寺心里“咯噔”一下，刚刚一打岔，差点忘了把杜菲菲约来的目的，他僵硬地转过脖子，朝苏昭猛眨眼睛。

苏昭郁闷地叹了口气，拍了拍杜菲菲的肩膀，一路领着她去餐厅。一路上，杜菲菲终于有幸见识到，十几位单身男青年整天待在一起，可能会制造出怎样恐怖的生化武器……

茶几上堆积着已经不知道放了多少天的零食包装袋。经过厨房的时候，洗碗池的脏碗盘都快堆成小山了，隔着老远都能闻到泡面的油腻味……

参观了一圈，杜菲菲简直要疯掉了——搞了半天，整座别墅只有工作室是干净的！

“工作室的卫生很重要，万一招来老鼠，咬坏线路就糟了，所以西寺每天都会安排大家值日打扫。”看着她一脸崩溃的表情，苏昭干咳了两声，在一旁幽幽地说。

杜菲菲瞟了乐西寺一眼，他却忽然转过头假装四处看风景，但是耳根却红通通的，显得有点可爱。

她憋着笑问：“乐西寺，你们这里，对钟点工有什么要求啊？”

“啊？”乐西寺愣了一下，挠挠头说，“打扫卫生做饭洗碗，除此之外就是不要吵我们。没了。”

“试用期多久？”

“不用试用了，我们没多大要求，能打扫会做饭就可以了，哦……对了，还不能长得太难看，会影响我们的心情。”

“别逗人家菲菲了。”苏昭撞了乐西寺一下，他毕竟是大学老师，总有一股自带的威严在，“菲菲，你是不是想要试试？”

杜菲菲沉默了一瞬间，很快，她就攥紧了拳头：“我可以的！今天，我就可以开始给你们做饭。”

“行啊。”乐西寺抱着肩膀，他微微低着头，额前的头发挡着眼睛，让人看不清他眼底的情绪，“先把这里都收拾干净了，没课的时候就过来，收拾干净就走，一天一顿饭。”

“好。”杜菲菲接应得斩钉截铁。

他们这谈话的方式也太简单粗暴了吧？

乐西寺唇角一勾，从身后拿出一个粉色的手机，递了过去：“这个给你，话费工作室报销，方便以后有事找你。”

杜菲菲正要拒绝，却听见他补充了一句“工作室有任务，到时候用手机联系”，她想了想，接了过来：“好。”

临近饭点儿，乐西寺工作室里的少年们就有点儿坐不住了。一张张原本沉浸在竞技事业中的严肃脸，因为厨房里飘过来的若有若无的香味而变得有些活泛起来。大家都有一种垂涎欲滴的感觉。

“为什么你们对着屏幕可以流口水？”刚比完一局，苏昭一从屏幕前抬起头就看到了这诡异的一幕，可是他话音才刚落，鼻翼突然猛地翕动，“这是哪里飘来的饭菜香？我的肚子在闹空城计了！”

苏昭这一出声，很快少年们也逐渐骚动起来。

“是红烧狮子头！我闻到了！”

“啤酒鸭！”

“红烧鱼！”

“糖醋小排！”

……

一个个菜名从少年们的嘴里说出。等到乐西寺退出游戏的时候，就看到在工作室里从来都是循规有礼的少年们，一个个化身为饿狼。大家正眼冒绿光，状若吸毒般地在猛力吸着空气中飘荡的美味佳肴的香味。

他可从来不知道，自己居然养了一群饿狼……不过在诱人的香味下，他也很快站起身，将工作室的门猛地打开——

要不是乐西寺头脑清醒，他还以为自己走错了地方！

玄关处乱成一团的鞋子已经摆得整整齐齐，客厅里茶几也已清理干净，甚至放了一瓶散发着清新香味的百合花。乐西寺和少年们才从工作室走出来，就看到杜菲菲一手端着一盘菜从餐厅走出来。因为忙了一上午，所以她额头上全是汗，但那双眼睛却亮晶晶的。

杜菲菲冲大家甜甜一笑：“房间才刚打扫完，大家出来记得套鞋套哦。”

一群人顺着她的视线看过去，才发现工作室的门外不知道什么时候，居然多了一个藤筐。筐里面整整齐齐放着14双鞋套。乐西寺和大家一起套好鞋套。才走到餐厅，少年们就猛的一声“哇”出来！

曾经堆积着垃圾食品和速食食品的白色大理石餐桌上，如今放满了荤素搭配色香味俱全的菜肴。那些脏乱的碗碟，还有恶心的油腻味都完全不见了踪影。不知道她用了什么方法，居然让整个厨房和餐厅都闪闪发光！

“菲菲！你……”苏昭惊叹不已，“这都是你一个人做的吗？”

红烧狮子头、糖醋小排、肉末冬瓜汤、啤酒鸭……整整十几道菜！道道看上去都美味可口，诱人极了！

“嗯！”杜菲菲把刚才那盘菜放下，抬手擦了擦汗，满面笑容，“好了，大家可以吃饭了。”

一群早就急不可耐的男生们，仿佛哈士奇一般，“嗷”的一声就冲上了餐桌。

苏昭和乐西寺也是第一次才知道，自己这个团队，居然都是狗变的……不过最后，苏昭也抵挡不了香味的诱惑拿起了筷子，才刚刚吃第一口，他就爆发出一阵赞誉：“好吃！超级好吃！”

只有乐西寺没有和大家一起起哄，他走到杜菲菲面前，看着女生满脸的汗：“辛苦你了。”

“这是我的工作嘛。”杜菲菲冲乐西寺微笑，“再说了，大家喜欢我做的菜，我很高兴呢！”

“嗯，你做得很好。”乐西寺低声称赞她。他看着干净整洁的厨房，闻着飘荡在整个屋子里的温馨的饭菜香，恍惚间竟然产生了一种错觉。觉得现在这样热闹温暖的画面仿佛梦境般，一点都不真实。

“你也饿了吧？”一旁的杜菲菲把从厨房里拿出的碗筷，递到乐西寺手里。她的大眼睛亮晶晶地看着他，“你快去吃饭吧，你不吃，我也不知道你会不会聘用我。”

刚才的感动被女生这句话弄得荡然无存，乐西寺只能用无语的眼光看着杜菲菲：“大家这个反应，我想不用我说，就可以做决定了。”

“什么决定？”杜菲菲一愣。

“欢迎你加入我们的行列，正式成为2S的生活助理！还有，工资从今天开始算。”

“真的？”杜菲菲心花怒放。

看到她脸上单纯的笑容，乐西寺也笑了，他伸出手来拍了拍她的头，感受着掌心发丝的柔软：“真的。”

今天正好是周末，杜菲菲像是忙碌的小蜜蜂一般在别墅里转到傍晚。这才背着书包离开，没过多久，白天的那些少年们也都纷纷离开了这个训练基地。

苏昭站在已经被杜菲菲收拾得光可鉴人的别墅里，摇摇头叹气：“我说，你昨晚连夜叫我们过来，使劲儿把你们家弄脏，就是为了这个？”

乐西寺坐在舒适的沙发上，薄薄的唇角浮起一丝优美的弧度，微笑不语。

昨天跟杜菲菲分别后，他就给苏昭打电话，把工作室的成员们全都紧急召集了过来。大家正一头雾水，面面相觑，就听到乐西寺下达了一个更匪夷所思的命令——

把工作室弄脏，怎么乱怎么来，可着劲儿作。

零食，四处撒。

鞋子，四处扔。

衣柜里的衣服也全都拖出来到处丢……

倒是厨房根本不用故意制造假象，一群大男生在一起，脏盘子不堆个一个星期，都不好意思出去说自己是男子汉。

折腾了大半个晚上，他们才终于把房子弄得比乞丐窝还要可怕。于是在第二天杜菲菲来到乐西寺家的时候，乐西寺才得以和大家一唱一和地表演双簧，先把人骗过来再说。

“要是人家完全不知道你的心意，你做这些不都白费了吗？”

苏昭就是再蠢，也知道自己的这个好搭档对杜菲菲有着别样的企图，不过他也忍不住纳闷，乐西寺这家伙，虽然很容易招女生喜欢，但他可却对她们一点儿兴趣都没有，他怎么忽然就喜欢上了杜菲菲呢？

虽然忽视掉穷酸的气质和乡土的打扮，杜菲菲的容貌放在S大也算小美女一枚，但乐西寺这种含着金汤匙长大的人，怎么也和她配不到一起吧？

“知己知彼，主动出击。”

乐西寺轻轻一笑，转身上了楼，只留下苏昭愣在原地，过了好一会儿他才回过神来。

“我说你装上瘾了是吧？我是你老师，尊师重道知不知道，站住，站住！”

4

回去的一路上杜菲菲都很开心，乐西寺给的工资真的很够意思。自己再送送外卖，要是争气的话，除了自己和妈妈的生活费外，还能剩下一半！

现在自己才大一，如果能像这样干4年，说不定可以存个小首付。妈妈的身体不好，那个小区又脏又差，房子要是可以换，还是早点换。

越算越开心，杜菲菲简直能看到财神在冲自己招手。

嘴里哼着歌打开寝室门，她正要大吼一声，跟寝室里的几个女生分享自己的喜悦心情，就看到陈晴冲自己做了个“嘘”的禁声动作。

杜菲菲赶紧闭嘴，用眼神问陈晴怎么了。陈晴指了指对面的韩纯，她一看，顿时惊呆了——妆容精致、盛装打扮的韩纯正坐在电脑前。电脑桌上还摆着一个巨大的海碗，里面是煮好的拉面，除此之外还有3只帝王蟹，以及足够5人份儿的烤肉！

“韩纯你疯了吗，吃这么多会吃坏肚子的！会死人的！”

她说着，就要上前把韩纯从椅子上拉下来，陈晴却拦在了她前面，神情严肃："别闹，小心待会儿韩纯和你发脾气。"

"可是……"杜菲菲还要说，却被陈晴拉到一个角落，杜菲菲这才看到——

韩纯并不是单纯地在吃东西，而是在做视频直播。就是刚才她那一声喊，好多人刷屏问是谁在说话呢！

眼看着电脑屏幕上闪过很多鲜花的特效，还有金光闪闪的金币，韩纯笑得合不拢嘴，杜菲菲却完全弄不懂她在做什么。

"她在工作，我们不要打扰她。"

听完陈晴的解释之后，杜菲菲又看了韩纯。韩纯完全没有受到任何影响。她吃完拉面后，把帝王蟹的一条粗壮的蟹腿拿起，冲着摄像头道："这可是我一大早就去海鲜市场买来的帝王蟹。还特意准备了芥末和辣酱。现在马上试试吧！我的口水都快下来了！"

虽然完全不明白她在干吗，但有了乐西寺之前的事，杜菲菲很识相地闭上了嘴巴，不发表任何言论。

趁韩纯对着摄像头吃螃蟹的时候，陈晴拉着杜菲菲出了宿舍。她轻轻关上门："我们去打水吧，她还要好一会儿呢。"

"对了，苏南星呢？"杜菲菲刚才在宿舍没有看到她。

"她啊，本来说好要跟大家一起吃饭的，结果打个电话过来说最近有个男生在追她。她为了写小说搜集素材，就把我们撂在宿舍和那个男生约会去了。”

杜菲菲点了点头，苏南星在写小说，自己是听说过的，不过她还是忍不住回头看了看宿舍的门：“韩纯她……”

“嗨，你别管了，她是直播网红。长得漂亮就是好啊，上网对着摄像头吃吃美食，打打游戏就能赚钱。我和小星也是这几天看到她在寝室直播，才知道的。”陈晴说这话的时候，神情有些不以为意，和平时温婉娴静的样子不太一样。

杜菲菲好奇地眨眨眼睛：“直播？是干什么的？”

“你可真是土包子。”陈晴斜睨了杜菲菲一眼，“电视你总看过吧？只不过以前只有艺人才能上电视，现在有了互联网，谁都可以直播了。只要有电脑，自己就可以做一台节目，只要有观众，一样可以赚钱！刚才别人送韩纯的那些玫瑰和金条，其实都是花钱买的！她这样一场直播，少说也有好几万呢。”

“好几万？”杜菲菲目瞪口呆！

自己累死累活一个月也才几千块，她还那么高兴，还觉得自己赚了！结果就是一个宿舍的，别人弄个网络直播就是她的好几倍！

“是啊，我们寝室都是有钱人，苏南星就更别说了，富二代，又有个哥哥在学校里做老师，基本可以横着走，也不知道那些男生喜欢她什么，或许是钱吧……这个韩纯也是，仗着自己长得漂亮，老在直播里撒娇，还发嗲，我就看不惯她平时在宿舍里一副清高脸，转头又对观众献媚……”

陈晴还要说些什么，却突然发现身边的人没有声音了。她转过头，却发现杜菲菲不知道什么时候已经停了下来，一双黑白分明的大眼睛紧紧地盯着她。

“怎么了？”

“你很奇怪。”杜菲菲皱了皱眉头。

“奇怪？”陈晴笑起来，她走到杜菲菲身边，“现在她们两个都不在，你不用在我面前演戏，其实你挺讨厌她们的吧？”

陈晴停顿了一下，像是在等杜菲菲的回答。见她还是那副呆头呆脑的样子，不由得叹了一口气：“我说你，不会真的把她们两个当朋友了吧？我们跟她们根本就不是同一个世界的人，韩纯那么漂亮，又会赚钱，苏南星呢，家世好又有背景，不要以为人家和你说了两句话就觉得自己在她眼里有分量，你看我，到现在为止，苏南星从来没有真的把我当朋友看过，我充其量也不过是她的一个小跟班罢了。”

陈晴还在说什么，她的声音还是那样柔和，但却仿佛潮水一样，勾起了杜菲菲的无限回忆。

小学三年级之前，她的家境还是很不错的。可是后来因为父亲的突然离去，一直在班上被众星捧月的自己突然被孤立起来。往常对自己和蔼可亲的班主任，也忽然变得严厉起来。

“别以为我们是真的喜欢你，要不是我爸爸让我和你玩，我还不想理你呢。”之前和杜菲菲形影不离的那个小女孩，趾高气扬地看着被众人推倒在泥地里的杜菲菲，语气充满了不屑。

初中时为了补贴家用，每天拿着大袋子去捡空水瓶的杜菲菲被大家嫌弃。

“还说不是你偷的！每天班上最后一个回家的是你，锁门的也是你。不是你，还会有谁？我的手表还能长了脚自己跑了不成！”

班花怒目瞪着她，全班的人都围在自己身边，没有一个人相信杜菲菲。因为班花家里有钱，也因为班花丢失的手表是她在欧洲的姑妈送她的瑞士名表，更因为班花曾经在班上炫耀过这块表的稀奇之处。

所以平日里看起来最落魄、最穷、最渴望钱的杜菲菲，就成了众矢之的。

“我没有，我昨天锁门的时候根本就没有看到你课桌上有任何东西。”杜菲菲想要据理力争。

“啪！”

一个巴掌落到了她脸上，杜菲菲的嘴里似乎也有一丝血腥味。

“我说是你就是你，没人要的野孩子，整天捡垃圾，脏死了。”班花的声音很冷，说的话像利刃一样狠狠扎进了杜菲菲的心。

杜菲菲仓皇抬头，却发现，大家都是带着那样的眼神看着自己……冷漠、质疑、嫌恶，还有说不出来的快意，因为她虽然穷，但成绩总是占据班级第一。

后来，班花的手表找到了，原来是掉在了书包底层。是洗书包的时候发现的，但却没有人为此事道歉。更没有人记得，当初因为这么一块小小的手表，有个女孩子，被辱骂和扇耳光的事。

就是从那个时候开始，杜菲菲的心扉开始紧闭。她关闭了自己的耳朵，也关闭了内心。

她不需要朋友，也不需要同情，更不需要所谓的施舍和给予。

既然这个世界这么冷漠，那就靠自己好了。

谁也不能期待，唯有靠自己，才能站起来。

5

“你啊，还是太不了解南星了。她先是和你做朋友，等彼此熟了以后，就开始用各种各样的理由去使唤你，最后等你受不了的时候，反而怪你小心眼。”陈晴语重心长地教育她。

“那就不要和她交朋友好了。”杜菲菲冷冷的声音打断了陈晴。

“嗯？”陈晴一瞬间有些发愣。

杜菲菲继续说：“大家只是普通同学而已，能帮忙的时候就帮忙，不能帮就不要管。韩纯和苏南星，她们会赚钱，家世好，都是她们自己的长处，只要大家不互相打扰，和谐共处，就可以了。”

“喂！我说……”陈晴被说得一愣一愣的，竟然无法马上反驳。

“你要是觉得自己穷，就去打工啊，赚钱的方式还是挺多的，为了这些无聊的事情嚼舌根，反而是浪费时间。”

陈晴目瞪口呆……她刚才是被杜菲菲教训了吗？教训她嚼舌根，八卦……浪费时间？

“我说你这个人，怎么这样……”说起来，陈晴的好脾气也是要看场合的。她可受不了杜菲菲这种贫穷又没见识的女生这么义正言辞地教训自己。

“要不然，我们一起去送外卖吧！有个伴儿我也挺开心的。”杜菲菲露齿一笑，萌萌的脸瞬间变得生动无比。

陈晴：“先去打水吧。”

“哦。”

杜菲菲愣愣地跟着陈晴去了开水房。她有些不明白，自己的建议是真的在为陈晴着想，提出建议一起去打工，不就是让她更加独立起来，不用什么事都依靠着苏南星吗？

“其实我觉得你很漂亮，只要努力生活，不去想那些会让自己难过的事，就会开心起来的！”

陈晴呆滞地看着一脸认真、努力安慰自己的杜菲菲。

这个反应，根本不是她想要的啊！

时间过得飞快，转眼间，杜菲菲在乐西寺的“2S工作室”已经工作将近一个星期了。这段时间以来，工作室里的所有少年们都被杜菲菲高超的厨艺喂得胖了一圈。尤其是苏昭，原本单身男青年的日子是没有三餐这个概念的，但自从杜菲菲来了以后，他就再也没有回学校吃过食堂了。

“这里有那么多好吃的，我为什么要回去？”他这样理直气壮地说。

今天外面下大雨，屋子里也有些阴冷，但是有了杜菲菲在厨房忙里忙外，只让人觉得到处温暖如春。看着系着可爱小碎花围裙的杜菲菲，苏昭的心也跟着明亮起来。他修长的身子斜倚着门框，笑嘻嘻地问：“今天中午吃什么？”

“糖醋小排，红烧猪蹄还有豆花汤。”杜菲菲头也不回地。

“就这些？我们可是有十几个人呢！”苏昭的头探了过来，温润的眼睛里不满之情快要溢出来了。

“还有小炒黄牛肉，清炒藕片和酸辣鱼片……放心吧老师，所有的菜我都做了两份，够大家吃的。”杜菲菲冲苏昭吐吐舌头，露出可爱的小酒窝。

平常看惯了她不苟言笑、一本正经的模样，杜菲菲突然一下这么活泼，苏昭竟然有些发怔……她笑起来还挺好看的嘛！

苏昭才飘飘然了一会儿，便突然感觉后背一凉。苏昭转过头来，就对上了乐西寺面无表情的脸。那脸上仿佛有寒冰覆盖，冷酷的眼神仿佛利剑一般，让自己犹如锋芒刺背。

……看来他吃醋了。

苏昭缩了缩肩，乖乖地溜回了客厅。别看这小子是自己的搭档，但他的脾气还是很霸道的，看上的东西别人绝对不许染指……

碍事的家伙走了，乐西寺重新把视线投向厨房里忙碌的人影，嘴角忍不住弯起一个优美的弧度。

“让一下。”下一秒，杜菲菲端着菜把站在面前的乐西寺挤开，一直朝餐厅走去，边走还边大声喊，“开饭啦！”

从来没见过这么不解风情的女生！

吃饭的时光快乐而美好，当然，这美好最主要的原因还是——杜菲菲做的菜太好吃啦！

“呜哇，我妈都没菲菲姐的手艺好！这可怎么办呀，我以后肯定找不到女朋友了！”一个相貌清秀的男生大声感叹。

“为什么啊？”大家都觉得奇怪。

“因为……我的嘴被菲菲姐给养刁了。要是女朋友的厨艺差，我可是不会接受的！”

“说得好像你之前就有女生喜欢一样。”众人一起嘲讽。

“你可以请我去你家做饭，这样你和你女朋友就可以和谐相处了。”冷不丁地，杜菲菲一边夹着菜一边说。

刹那间，大家的目光都齐刷刷地汇聚到了她身上。杜菲菲看着少年，真挚而诚恳地说：“真的，请我做钟点工很划算的。”

这下子，所有人的目光不约而同地看向了她身旁的乐西寺。

乐西寺装作咳嗽了一声，英俊的脸上露出几分不自然：“都吃完了吧？吃完了就去训练。”

大老板发话，餐厅里立马哀号一片，所有人都恋恋不舍地放下了筷子，一哄而散去了工作间。

“我说错话了吗？”杜菲菲眼神迷蒙地看着乐西寺。

被她这样直勾勾地盯着，乐西寺心头的不自在更加浓重了，他忍不住移开眼睛，避开她的目光：“没有，你很好。”

“哦。”杜菲菲闻言低下头来往嘴里扒拉饭。没过一会儿又忽然问，“乐西寺，打电竞真的很赚钱吗？”

“嗯？”他没弄明白杜菲菲为什么会突然问自己这个，讶异地挑了挑乌黑的眉毛。

“我是说……”杜菲菲羞赧地放下筷子，“你看……我可以试试吗？”

“啊？”这下子，乐西寺可真是大大地吃了一惊，他饶有兴致地看着杜菲菲，“你玩过什么游戏？”

“游戏？”杜菲菲眼里又出现了迷茫，她摇摇头，“没玩过……我太穷了，连手机都买不起，怎么可能有钱买电脑？”

好吧，他算是知道了，这家伙就是个彻彻底底的电竞白痴。

“不如这样吧！”杜菲菲看着一脸无语的乐西寺，锲而不舍地纠缠，“我先看你打一次，要是我觉得自己可以做到，就拜你为师好不好？”

等等……电竞界不知道有多少人想拜自己为师，他都懒得教，为什么这句话从杜菲菲嘴里说出来，自己反而有点受宠若惊？

“好不好？”杜菲菲满眼期待地看着他。

乐西寺：“好……”

看着她因为激动而满脸通红的小脸，一个念头在他的脑海里悄然而生……他要借此机会，让杜菲菲这个完全不把自己当一回事的女生知道，什么才叫真正的高手！

乐老大要炫耀自己的技术，工作室的少年们都很兴奋，要知道乐西寺从来都低调做人，淡泊名利。上次他们观摩到他的技术，还是两年前的一次网络对决呢！那一次，他们可是看到了一场真正的王者之战！

乐西寺熟练地登录网页，进入游戏。随着音乐响起，平日里一派温和的乐西寺也收起了脸上的笑意。待操作页面出现，角色进入场景之后，他开始全身散发出冷冷的气势，让人不敢靠近。

杜菲菲就坐在乐西寺身边。她本来只想好好观摩一下，却在看到乐西寺瞬间一本正经的脸以后，也正襟危坐起来。

真正的电竞赛，都是高手之间的对决！

“哇！乐西寺好厉害！”杜菲菲身后有人发出惊叹声。她看到游戏界面中，对手的几座塔都身处大火之中，而乐西寺则无比悠闲地一举击杀了对方的战士。

整个房间都安静了下来，只听得到他的双手“噼里啪啦”敲打键盘的声音。最后，只见乐西寺轻轻一点，游戏画面上就闪现出一道炫目的蓝光。

“胜利！”电子提示声响起。杜菲菲只觉得一阵眼花缭乱，游戏就结束了，她身后有人低声喃喃地说：“9分钟，一对五……”

“变态。”另一个男声咬牙切齿地说，不过声音里更多的还是对乐西寺的钦佩。“哪里是变态，简直是超级变态。”另外一个男生附和道，虽然大家都知道他是故意炫给杜菲菲看的，但在场的谁不是电竞高手，都觉得自己受到了深深的刺激。

……乐西寺很厉害？杜菲菲迷茫地看着屏幕，不解地问：“乐西寺，你是赢了吗？好多人围着你，是不是在庆祝你胜利了啊？”乐西寺原本还在沾沾自喜，等待着她崇拜的目光，可是现在，却差点被自己的口水呛到。

“杆菲菲！”

“怎么了？”女生一脸无辜地看着他，乐西寺一口血闷在喉头，气得话都说不出来，而杜菲菲却还指着屏幕，一脸懵懂地说，“你是不是死了？你的画面变成灰色的了，哎呀你自动退出游戏了！”

“杜菲菲……”乐西寺一字一顿地念着她的名字。

啊！为什么，不懂也就算了，她到底是什么眼神，怎么会看到自己是死了啊！明明大获全胜好不好！

“丁零零……”杜菲菲的手机突然响起，打断了乐西寺接下来要说的话。工作室给她配了手机，她才有点儿现代大学生的样子，乐西寺见她避开人群，走出工作室才接起电话，可还没有说几句，脸色就变得很差劲。

“什么？妈！您怎么可以让他进来呢？”那边似乎说了几句什么，杜菲菲的声音都急得变了，“我马上回来。”

挂断电话，她走到乐西寺面前，眼神有些不安，但却透着一股莫名的倔强：“乐西寺，我今天下午请假，钱你从我工资里扣吧。”说完，杜菲菲拔腿就要走，却被乐西寺拉住了胳膊，他的表情很沉静：“发生了什么事？”

“没什么事，你就别管了。”杜菲菲想要挣脱他的手，可是不管怎么使劲，却都纹丝不动，她不由得着急起来，“乐西寺你松开我，我家里有急事，我得赶回去。”

“要走可以，我和你一起。”

“你！”杜菲菲抬头，刚好撞上了男生坚定的眼神，她心里蓦然颤了一下，忽然说不出拒绝的话。

第四章
情窦初开

1

天色渐渐地暗了下来。路边华灯初上，天边的云霞也消散了最后一丝绚丽的色彩。

杜菲菲接到的电话里说了什么，乐西寺不知道，但可以肯定的是绝不是什么好事。杜菲菲从挂断电话，一直到乐西寺开着车送她回家的过程中，她一直都处于精神恍惚的状态。她呆呆地看着窗外的景色，好像完全回不过神来。

“有什么事，说出来也许会舒服一点。”斟酌许久，乐西寺才轻声说。

杜菲菲看着窗外，没有回答他。

见她实在是不想说话，乐西寺叹了一口气，便识趣地没有再开口。很快就到了杜菲菲家。车刚停下来，她就打开车门冲了出去。乐西寺只好无奈地找地方停车。他正发愁不知道杜菲菲家住几楼，还没来得及打电话问，就看到杜菲菲站在一个老旧的单元门口。那里楼道灯光十分微弱，一位神色有些慌张的妇人站在杜菲菲身边，眼底露出凄苦的神色。

“这个地方不是你的家，你想来就来，想走就走，我警告你，我以后再也不想看到你出现在我面前！”杜菲菲正在厉声地对着什么人吼道。

乐西寺从来没见过这样疾言厉色的杜菲菲。她竖目冷对的样子，在昏黄的灯光下，倔强到让人心疼。

“菲菲，你不要这样……”那妇人想要说什么，却被杜菲菲打断了。

“妈，你不要心软了！当年他那么决绝地抛弃了我们，十几年来不闻不问，现在他这么不清不楚地跑回来，我们就活该要接受吗！”

“菲菲……”

“好了！”单元门里突然传来一个男人的声音。乐西寺担心他会对杜菲菲不利，赶紧上前几步，站在了杜菲菲身边。

然而，里面却走出来一个中年男子。他的身材十分高大，穿的衣服虽然不是很新，但却看得出都价值不菲。他站在杜菲菲面前，眼角发红，看上去十分憔悴：“菲菲，你是我的亲生女儿，就这么跟爸爸说话吗？”

“哈！”杜菲菲一声冷笑，“我只知道我有妈，不知道我还有个爸。”

“杜菲菲！”被女儿这么抢白，男人顿时睁大了眼睛，不敢相信地看着她。

杜菲菲毫不退让地瞪着他，冷漠地说：“如果可以选择，我宁愿自己没有你这样的爸爸！”

“你……”男人听到杜菲菲这么绝情的话，顿时面色大变，嘴唇嗫嚅着说不出话来。

一旁的妇人扑到他身上，哀求道：“伟峰，你走吧！你跟我说的事，你……你放心，现在别再让菲菲生气了。”

“妈！你求他干什么！”杜菲菲一见自家妈妈这样子，就气不打一处来，她上前一把拉开她，“不要以为我妈心软，我就会接受你，赶紧走，别逼我动手。”

说着，杜菲菲还真的把放在楼道里的拖把拿了起来。

“你！”杜伟峰的身体摇晃了两下，好像被气着了。

“伟峰！”邹萍赶紧上前扶住他。她满面泪水，转过头来看着杜菲菲，“菲菲，你不喜欢你爸爸，他就走，你别生气了，你爸爸……你爸爸他……”

“别说了！”杜伟峰即使上了年纪也还是从前那样的俊朗。只不过岁月侵袭，两鬓已然有些发白了。他被杜菲菲气得不轻，怒目看着她，“我走！”

说着，他甩开了妇人的手，朝楼下走去。乐西寺在一旁冷眼观看，总感觉男人走路的样子有些吃力。

“伟峰……”邹萍看他这样还想追上去，却被杜菲菲拦住了。

“妈，他走了更好，进去。”

杜菲菲面色发青地推着她上了楼，乐西寺也跟在她身后走了进去，全程他都一言不发，只冷静地看着这场闹剧。

“菲菲……”进到房间里，杜菲菲让邹萍坐下，给她倒了杯水。可是她却只是捧着水杯，楚楚可怜地看着杜菲菲，“你爸他身体不好，我担心……”

“担心什么？”杜菲菲还在生气，“他就是死了，也和我们不相干。”

“菲菲，你不要这么说。”邹萍听她这话急了起来，“他好歹是你爸爸，你不要……”

“不要什么？不要咒他？”杜菲菲眼角发红，“当年我们快死的时候，怎么不见他回来？既然他不管我们的死活，我又何必在乎他的死活。”

杜菲菲没有逗留，把人赶出去就算任务完成了，她也不想再听妈妈为那个人求情，带着乐西寺离开了家门。

出来以后，外面早就黑透了，没想到一场闹剧居然耗费了这么长时间。杜菲菲一言不发，沉着脸在路上走，乐西寺也默默地跟在她身后。到了小区附近的一处花园，她这才停下来，坐在长椅上。

“杜菲菲……”乐西寺有些怔忪。

这是他第一次来杜菲菲家，也是第一次知道……为什么杜菲菲会那么拼命，之前自己一直问她，她也不肯说，想来这样的原因，很多人都会难以启齿吧。

“他为什么突然回来？”杜菲菲发着抖，从牙缝里问出这几句话，“我妈被他害得还不够吗？他又回来想干什么？又想害我和我妈吗？我们已经什么都没有了，他为什么还是不肯放过我们？为什么……”

杜菲菲说到后面，简直开始语无伦次，她浑身发抖，连牙齿都在打架，只是一直在重复“为什么”。

乐西寺心里一痛，倾身抱住了她：“不要怕，有我在。”

简简单单一句话，像是一片轻飘飘的羽毛，就这么随风轻轻地落在了杜菲菲的心里。奇迹出现了，她忽然不再冷得发抖了。男生满是淡淡轻香的怀抱无比温暖，让自己冻到麻木的心渐渐回暖。

“想哭就哭，不要这么压抑自己。”男生轻柔低沉的声音传来，让杜菲菲像是从梦中惊醒一般。

她一把推开乐西寺：“我没事。”

说着，杜菲菲的脸却悄悄红了……自己刚才是怎么了？被乐西寺抱住都没察觉到，居然还有些贪恋这样的温暖……还有，这“怦怦”乱跳的心是怎么回事？

不要跳……不要跳了！

“你怎么了？要是还不舒服，可以和我说说啊。”乐西寺英俊的脸上满是不解，看她惊慌失措的模样，上前一步就要抓住杜菲菲的手。

“我没事！”在乐西寺的手碰到自己的一瞬间，杜菲菲突然猛地站起来，眼睛都不敢看他，“我先回去了，拜拜。”

说着，她竟然头也不回地就这么跑了。

看着杜菲菲离开的身影，乐西寺的怀抱里似乎还残留有女生头发上淡淡的清香。他想到了第一次见到她的样子……那时，自己是对这个穷到理直气壮的女生感到好奇，直到今天，他总算明白了她为什么会那么努力。

乐西寺感觉到胸口处有微微的酸涩胀痛。他觉得自己有些心疼杜菲菲。她就算一无所有，却仍旧活得朝气蓬勃，那副倔强的模样，深深地吸引了他，让他感到无比心疼。

……以后，就换我来守护你吧。

2

一路坐公交车回到宿舍，杜菲菲脸上的热气还没消除。因为乐西寺的那个拥抱，她原本气到快要爆炸的心情也被抛到了脑后，一路上一直是用双手捧住脸。

“怎么办呀，都快烧起来了。”

“什么烧起来了？”刚打开门，韩纯那张妆容精致的脸就出现在杜菲菲面前。

“啊……”她惊了一下，结结巴巴地说，“没、没什么。外面太热了。”

“热？”韩纯看了看外面。今天白天下了雨，现在空气十分凉爽清新，“你病了？怎么好端端说胡话。”

“没……”杜菲菲扯开话题，“对了，南星和陈晴呢？”

“她们啊，一个去约会了，一个不知道干什么去了。从昨天下午就不见人。”韩纯回到电脑前，手指噼里啪啦敲得飞快。突然，她像是看到了什么好玩的东西一样，凑近电脑，然后猛地一拍桌子。

“杜菲菲！有钱赚不赚？”

“赚。”

杜菲菲连对方说的赚钱方式都没问，马上点头，果然，这个举动换来了韩纯赞赏的目光。

“我之前不是在做直播视频吗？所以会接触到很多动漫类的兼职机会。刚才网站的编辑说，明天在国立展览馆有一个游戏展，想邀请我去做coser（角色扮演），而且除了我以外还缺一个女生，一天有两千块呢。”

杜菲菲眼前一亮：“这么多啊！”

韩纯一脸得意：“那是。”

“不过……”杜菲菲还是充满了疑惑，“什么是coser啊？”

虽然因为乐西寺，韩纯没那么看不惯杜菲菲了，但还是不习惯她土老帽的模样。韩纯翻了个白眼，让出自己的电脑：“你自己上网查，还有，你明天的角色我放在这个文件里了。服装由对方赞助，你看一下人物有什么特点，明天表情和动作都要配合，不要露馅。”

杜菲菲呆头呆脑地坐在韩纯的位子上，开始搜索起来。

“不过，你刚才进门的时候说快烧起来了。什么要烧起来了啊？”韩纯顺口问了一句。

“嗯？”杜菲菲顿时窘迫起来，“没……没什么啊！”

“嗯？”韩纯明显不信，她眯着眼凑到杜菲菲身边来，仔细端详着杜菲菲的一举一动，“你的脸怎么这么红，是不是……”

“啊！”

杜菲菲猛然一声尖叫，把韩纯吓了一跳。韩纯皱眉看着她：“怎么了？大惊小怪的。”

杜菲菲掩饰着心慌，指了指着屏幕说道：“我……我明天扮演一个女巫啊？”

“对啊！就是女巫，你叫那么大声干什么？”韩纯嫌弃地看了她一眼，不过也多亏杜菲菲这一叫，吸引了她的注意力。她开始和她大讲起明天游戏展的一些需要注意的地方……杜菲菲默默地听着，心底总算松了一口气，不过一想到之前乐西寺那个温柔的拥抱，她的耳根却又不由自主地红了起来。

第二天，杜菲菲和韩纯一早就出门了。

杜菲菲从来没有去过漫展这样的地方，所以一到现场，她就被吓了一大跳。

她从来不知道，这里竟然会有那么多人。而且每个人都穿着奇装异服，甚至还有人穿着毛绒玩偶装排队进场，也不嫌热……展馆正中央是一个银色的华丽大舞台，恍惚间杜菲菲还以为自己来到了什么明星见面会。舞台四周井井有条地划分成很多区。许多摊位已经支了起来，摆满了花花绿绿的画簿和模型，展馆里甚至还专门开辟了一条美食街，售卖各种各样的食物。现场简直是人山人海。

“人真多呀……”杜菲菲跟在韩纯身后，不时伸手推开拥挤的人群，感叹道。

“当然了，这可是今年最大的游戏展。很多珍贵的模型和画簿都是今天发售，游戏迷们可都是做足了准备的。”

虽然韩纯说的话杜菲菲一个字也听不懂，但她还是叹为观止：“真是厉害啊……”

很快，她们就到了后台更衣区。那里，工作人员忙忙碌碌，像蜜蜂一样来回穿梭。见韩纯来了，负责人很快迎了上来。

负责人是个20出头的女生，虽说看着年纪小，但是行事作风却很圆滑。她看了杜菲菲一眼，马上对韩纯的眼光表示满意，不过她的事太多了，只是简单交代了杜菲菲和韩纯几句，就把衣服给她俩，然后喊来化妆师后，自己就风风火火地走了。

杜菲菲换好衣服，等到出来时，她看着镜子里的自己，清丽的白色蓬蓬裙，白色的拖到地上的假发。因为本身就是萌系美女，所以化好妆，带上蓝色的隐形眼镜以后，她简直就是动漫游戏里俏皮可爱的小女巫。

就是裙子短了点……虽然有蕾丝长袜的遮掩，但杜菲菲还是觉得自己只要一弯腰，就会走光。

“我说……要不然换条到膝盖的裙子吧……”杜菲菲一手拿着魔杖，一边极其不适应地走到韩纯身边，小声说。

韩纯因为知名度很高，所以她扮演的夜之女神是这次游戏展中最重要的人物，她身边乌泱泱围着一大群人。韩纯一边任由化妆师在她脸上涂涂画画，一边抽空瞥了眼杜菲菲的裙子。

“还好啦，该遮的地方都遮了。游戏设定的角色就是这样，别矫情了，弄好了赶紧出去吧。”

杜菲菲见对方没有想要理自己的意思，咬了咬牙，心里默念着两千块，掀开幕布就走了出去，外面的展厅里挤满了人，所以当她一亮相，路过的男男女女们，一下子都看了过来。

清纯装扮十足的女巫服，银白色的头发如瀑布般披散在身后，黑色的银冠稳稳地装饰在头上。女生肤白大眼，长长的睫毛，粉嘟嘟的嘴唇，配上黑暗魔法气息的魔杖，简直不能更好看、更耀眼了。

“我说，你笑一下。”活动的负责人看杜菲菲从出来亮相起，就一直保持着呆若木鸡的样子，忍不住上前来低声提醒了一下。

“我笑不出来。”杜菲菲硬邦邦地回答。

这是她人生第一次站在这么多人面前，还要随时担心自己会走光，怕踩到身后的长发摔倒，更怕这些人的目光……所以，可爱娇俏装扮的小女巫，本应该带着笑脸做着萌萌的动作和表情，却从头到尾，连嘴角都没有扯动一下。

人群静默了好一会儿，突然一道轻轻的男声响起：“好可爱。”

一颗石激起千层浪，大家纷纷觉得杜菲菲这个样子反而更加可爱了。带着专业摄影装备的人都举起了自己手里的机器，开始围着杜菲菲“咔擦咔擦”地拍摄起来。

“小女巫，摆个有气势一点的姿势！”

杜菲菲呆呆地把魔杖举高。

“小女巫，捧住脸朝我们做一个惊讶的表情！”

杜菲菲抱着魔杖捧住脸，张嘴直视前方。

“小女巫，我想看你施展魔法！”

杜菲菲回忆起之前韩纯给她看的资料，马上摆了个施展魔法的动作。

这下子，人群开始轰动起来，纷纷提出各种各样的要求，杜菲菲绷着一张小脸，尽量满足他们的要求。

乐西寺才进门，就看到中心展厅处被人围得水泄不通。看到攥着拳头放在脸颊边冲台下人嘟着嘴的杜菲菲。一瞬间，他感觉空中好像有一支箭飞射而来，“咻”的一声钉在了自己的心头。

好可爱啊！

乐西寺往前走了一点儿，人群中突然又是“轰”的一声，他再抬目看去时，却见韩纯一身性感热辣装扮地出来了，她一出现，就几乎吸引了整个会展中人群的视线。

“是纯大！”人群中不知道谁喊了一声，这下子会展就跟炸开了锅一样。

这下子，就连杜菲菲也明白了……韩纯是宅男女神啊！

人群几乎如潮水一般往前涌动着，原本还围着杜菲菲转的一些男生，也都转换注意，开始朝韩纯那边涌过去了。唯独乐西寺就站在原地，兴致勃勃地打量着松了一口气的杜菲菲。

她并没有注意到乐西寺，只是悄悄摸了摸自己因为穿高跟鞋站太久而有些酸痛的脚。杜菲菲正想着要不要找个地方坐下时，一个带着鸭舌帽，身穿黑色T恤的瘦小男生走了过来。

“那个……你好。”男生站到杜菲菲面前，眼睛迅速地瞟了她一眼。杜菲菲还来不及看他长得什么样，就见他很快地低下头去，有些畏畏缩缩地说，“我……我可以跟你合影吗？”

“当然可以啊。”杜菲菲牢记着韩纯说的“要好好配合观众”，尽量露出亲切的表情，“你要我摆什么姿势和你拍照？”

“啊，那个……”那男生看杜菲菲靠近了他，更加害羞了，“场，场馆里人太多了，我……我想去外面拍。”

说着，他指了指身后通往休息室的回廊，脸更红了：“我……我是这个游戏的粉丝，想拍一些与众不同的照片……”

“好的。”杜菲菲冲男生微微一笑。

见她答应下来，男生的眼底深处闪过的一丝奸计得逞的光芒，但她已经转过了身，并没有看到他那流连在自己身上，肆无忌惮又贪婪的目光。

乐西寺静静地站在人群里看着这一幕，微微蹙起了乌黑的眉头。

3

国立展览馆是一幢古色古香的建筑。穿过休息室的长廊，里面是一座漂亮的花园，仿照江南园林种满了植物，层峦叠翠，美不胜收，现在正是展厅忙碌的时候，所以花园里几乎没有人。

“到了。”男生在一处较为隐蔽的地方停了下来，转过身指了指身后的假山，“麻烦你到那里去。”

“哦。”杜菲菲丝毫没有怀疑便拿着魔杖向前走去。可还没走到假山，就猛地听见身后“咚”的一声响。

她回过头，眼睛瞬间瞪得圆了：“乐西寺！”

刚才要求和自己拍照的男生双目紧闭，晕倒在地，他手上还捏着一块潮湿的手帕。乐西寺恼怒地看着杜菲菲。

“杜菲菲，你脑子被狗吃了？”

“怎……怎么了？”杜菲菲害怕地看着乐西寺。

“一点儿防备心都没有！你知不知道，这人打算用手帕上的迷药迷晕你！”

“啊？”她吓了一跳，忍不住捂住胸口，朝被击昏的歹徒看去，“怎么会这样？现在还是大白天啊……”

忽然之间，她只觉得自己眼前一花，身体也跟着跌进了一个有力的怀抱……唇上传来柔软的触感。男生身上独有的淡淡香味涌进杜菲菲的鼻腔，带着一丝霸道的感觉。乐西寺轻轻在杜菲菲唇上咬了一口。

“白天就不能为非作歹了吗？我现在这样做，也是白天。”

温热的气息在耳边萦绕，杜菲菲眨了眨眼睛，发现唇上柔软的触感消失了，取而代之的是乐西寺轻轻低下头，在她耳边低声呢喃的话语。

“你……”她好不容易找回自己的声音，却发现细小得跟蚊蚋一样，“你干什么……”

“吻你。”

杜菲菲一口气接不上来，眼睛瞬间瞪得溜圆：“你……我，我……”

“再结巴，我还会亲你的。”

她吓得瞬间闭紧了嘴。

“傻丫头。”乐西寺似乎是叹息了一声，在杜菲菲耳边落下这一句，他用额头抵着她的额头，深深地看进了她懵懂而又明亮的眼睛里。

“你喜欢我吗？”

杜菲菲整颗心都乱掉了，她鼻腔里全都是乐西寺的气息，男生温热的手掌紧紧贴在她的腰际，这姿势暧昧到了极点，又让人心慌意乱到了极点。

“我……”杜菲菲咽了口唾沫，“我，我不知道。”

她不讨厌乐西寺，甚至可以说对他还挺有好感的，但这种感觉就是喜欢吗？她真的不知道。

“乐西寺，你放开我。”杜菲菲轻轻推着乐西寺。

他松开环抱着她的手，英俊的脸上露出一丝淡淡的失落神情。

“对不起。”杜菲菲耳朵根都红了，低着头讷讷地说。

“没关系。”乐西寺突然叹了口气，轻轻揉了揉杜菲菲的脑袋，“来日方长，我总会让你喜欢上的。”

杜菲菲小心翼翼地抬起头，他那自信飞扬的神态就这么撞进了自己的眼睛里。

两人一前一后地回到展厅。乐西寺悄悄拉着杜菲菲去临时休息室休息。没想到韩纯居然也在偷懒，猛然见到他，韩纯眼睛一亮。

“乐西寺！”她惊喜地开口，声音说不出的婉转娇俏。

杜菲菲刚走进门，就见韩纯满面春风地踩着12厘米高的高跟鞋，脚下生风地朝乐西寺走来，一把抱住了他的胳膊。

乐西寺的头上淌下几滴冷汗，使劲想把手抽出来。无奈韩纯忽然爆发出强大的力量，和吃了菠菜的大力水手有一拼。乐西寺接连抽了几下自己的胳膊都抽不出来。

韩纯开心地说：“你怎么也来了？大神，不是答应我了帮我一起做一档直播的吗？怎么样？有时间吗？”

“这……”乐西寺嘴角微微一扯。

之前他知道韩纯是杜菲菲的室友。为了打探到杜菲菲的一手资料，他跟这几个女生都还算关系不错。韩纯来找他帮忙，他才会答应，但却没想到会让杜菲菲看到现在这个情形。

“喂，答应了别人的事情就要做到。”杜菲菲严肃地说。

不知道为什么，她心里有些微微的别扭，尤其是当她看到乐西寺和韩纯这么熟络的时候。

“没有啊……”乐西寺急忙解释，“我只是说有时间的话……”

“那也不行啊。”杜菲菲那张可爱的小脸上，露出鄙视的神情，“你都答应小纯了。”

“对呀！说好的可不许反悔哦，我可是和我的粉丝都说好了，到时候会邀请流星大神，那些游戏迷们可是一听到你的名头就坐不住了。”

“我最近……”

“哎呀，就这么说定啦！”根本不给乐西寺有反驳的机会，韩纯就单方面宣布了这个约定盖章生效。

搞定他之后，韩纯喜滋滋地出门买饮料去了。乐西寺擦擦头上的冷汗，正要凑到杜菲菲面前，可她却莫名地转了个身，反而从他身边走开了。

“嗯？”乐西寺一愣，“你怎么了？”

“没什么。”杜菲菲摆弄着玻璃陈列柜上的一只人形公仔。圆圆的脸蛋微微鼓起，像是有些生气。

她低着头，扯着公仔脸上的毛，静了一会儿，突然憋红了一张脸：“你，你刚才……那样对我……是不是也和小纯……”

乐西寺瞬间就懂了——杜菲菲在跟他闹别扭。

忽然之间，他心里像是开了一朵小花，在微风中轻轻摇曳，心情一下子明朗了起来。就连之前被杜菲菲拒绝的失落也一扫而空。

“那样的事情，我可只会对你一个人做哦。”乐西寺知道了她别扭的原因后，笑嘻嘻地走到她身边，语气懒懒地说。

“什……什么啊……”杜菲菲闻言脸更红了，她嗔怪地看了他一眼，“我，我哪有说是那件事……”

“如果你不喜欢，我以后都不跟她们联系了，微信我也删掉。”说着，乐西寺就要拿起手机来删除，却被杜菲菲给拦住了。

“你干什么呀！我……我就是觉得……”她抓住他干燥温暖的大手，不敢直视乐西寺的眼神，“你跟大家都很要好的样子，我……”

“傻不傻？”杜菲菲抬起头，男生开朗的笑脸在眼前放大，令人无比安心，“我的心里，只容得下你一个人。”

杜菲菲的脸腾地一下，变成了红红的番茄。

4

韩纯一脸不爽地回来的时候，看到的就是这副情景——乐西寺满脸逗趣的表情看着杜菲菲，女生精致白皙的脸一片绯红。

“菲菲，你怎么了？中暑了？”韩纯忍不住出声问。

“啊？没……没有！”杜菲菲好不容易回过神，这才看到韩纯脚上只穿了一只鞋，正一瘸一拐地走过来，忍不住惊呼，“小纯，你的鞋呢？”

“你的声音可以再大点儿，把所有人都叫过来。”韩纯白了杜菲菲一眼，然后扶着椅子坐下来，“我的鞋跟断了，路上有人把我扶回来的。”

说着，她就一脸晦气地指了指自己身后。

杜菲菲这才注意到，除了韩纯以外，还有一位高挑的男生也走进了休息室。杜菲菲还以为他是从哪儿来的偶像明星。这个男生身着价格不菲的衬衣、剪裁大方的裤子、一尘不染的黑色皮鞋，这让这个男生整个人都散发出一种养尊处优的高贵气质。他的五官完全不同于乐西寺精致完美的五官。他有着一双炯炯有神的大眼睛。他的鼻梁高挺，整个人看上去英气勃勃，但却一点儿都不盛气凌人。

他温柔地朝杜菲菲笑笑，眼睛弯成月牙，然而面容却给人一种超乎年龄的成熟与睿智的感觉。

“方便的话，你可以留下联系方式，我送你一双鞋。”男生转过脸，饶有兴致地对气呼呼的韩纯说。

好……好好听！

低沉悦耳的嗓音，霎时间令杜菲菲倒吸了一口冷气。紧接着，就是由头到脚的酥酥麻麻的感觉在全身荡漾开来。

乐西寺脸色一沉，看着对面男生的眼神都带上了几分冷意。

然而韩纯根本不理人家男生的声音有多好听，揉了揉自己崴了的脚踝，转过头来冲乐西寺撒娇：“乐西寺，你看，人家为了跟你合作，脚都崴了，刚才出去的时候，鞋跟卡在了下水道的井盖上，人家没鞋子穿了。”

八竿子打不着的事居然被她这么理直气壮地说出来，乐西寺都快吐血了。

“乐西寺？”突然的，那位跟着韩纯一起进来的男生开口问道。他微笑的脸上带着几分疑问。

乐西寺挑眉看着他，男生反而微微一笑说道：“白东篱。”

乐西寺眼睛猛地一亮，两个男生都露出了只有彼此才懂的笑容……踏破铁鞋无觅处，得来全不费工夫。那个梦寐以求的对手“千金笑”，真名不就是叫白东篱吗？

“上个月的地区选拔赛，我听说千金笑团队打败了死神队，很厉害。”乐西寺站在白东篱对面，状若无意地开口。

“流星团队首轮淘汰去年的电竞冠军淘金组，这个消息我也听说了。”白东篱微微一笑，看着乐西寺的眼神里有一抹兴奋。

“哈哈，可惜我们不能早点儿遇到。”

“若是早点儿遇到，下个月的决赛，我可就不会那么期待了。”

“你为什么会来这里？”乐西寺问。

“找你的情报，毕竟……你可是我下个月最大的竞争对手。”白东篱丝毫不掩饰自己的目的，“你呢？”

“我也是来找你的情报……”

两个大男生说到这个话题，竟然彼此相视一笑，仿佛从对方眼里都读到了期待与兴奋。被撂在一边的韩纯与杜菲菲面面相觑，一头雾水。

“他们在说什么啊？”韩纯凑到杜菲菲身边，轻声问道。

“我……我也不知道。”杜菲菲也摇头。

韩纯摸着自己的脚踝，眉头不禁皱了起来。她说道：“哎哟，早知道不去买这倒霉的饮料了。不过正好，可以请假不去上课了。”

杜菲菲和韩纯这边还在嘀咕着，那边白东篱和乐西寺早已结束了谈话。乐西寺朝杜菲菲走过来，眼神里燃烧起前所未有的斗志：“菲菲，我还有事，先回去了。”

那边白东篱也走到韩纯身边，他把手里的鞋跟放到韩纯脚边，手指不经意地触碰了一下韩纯的脚踝：“美丽的小姐，鞋子我下次还你，期待我们的第二次见面。”

说完，他不等韩纯满面娇红地骂他臭流氓，就和乐西寺对视一眼，两人双双走出了游戏展厅。

韩纯："太讨厌了，他们什么时候看对眼的！"

回去的时候，韩纯的鞋实在是坏得不能走了。她换好衣服，坐在休息室发脾气："烦死了！今天真是倒霉透了！不回去了！我就坐在这儿！过一辈子！"

杜菲菲叹了一口气，蹲下身来。

"你……你干什么？"见杜菲菲上前脱自己的鞋子，韩纯惊叫起来，却被杜菲菲一把抓住，她抬头看着韩纯："你的鞋子坏了，穿我的吧。"

说着，杜菲菲就把自己的鞋脱下来，放到韩纯脚边，然后光着脚找来502胶，把鞋跟给粘上了。

杜菲菲穿上韩纯的鞋，笑眯眯地："你看，这样就好了，我的是平底鞋，但是很舒服。"

"杜菲菲你……"韩纯也不知道怎么了，心里一下变得暖暖的，"你这人怎么这么讨厌啊……"

她正愣神之际，却听韩纯继续嘟囔："本来我确实挺讨厌你的，你那么穷酸，还整天一副生活很美好的样子……不过现在，我发现你其实挺善良的，除了个性有点奇怪之外……"

说着，她深吸了一口气，站起身向杜菲菲伸出手："杜菲菲，以后我们就是朋友了。"

杜菲菲的眼睛一下子睁大了。

“人是不需要朋友的。”

“朋友原本就没有任何意义。”

初中时，被校花冤枉打了巴掌，哭得昏天暗地的杜菲菲在心底偷偷坚定了这个信念，可是现在，有一个女孩，真诚地坦言了对自己的不满和挑剔，虽然她脸上的表情那么高傲，但是，杜菲菲却发现自己竟然无法拒绝。

朋友。

这个词对她的诱惑力太大了。

虽然从一开始，她就没有期待大学宿舍里的3位女生会成为自己的朋友，没有奢望过她们中会有人看得上自己，愿意放下身段和自己交朋友。

韩纯是第一个。

她白皙柔嫩的手悬在半空中，脸上是毫不掩饰的真诚笑容，见杜菲菲愣神，微有些催促之意。

杜菲菲迟疑地伸出手，被韩纯一把握住。

“想什么呢，傻丫头！”

第五章

抄袭事件

1

陈晴和苏南星发现，去了一趟游戏展，杜菲菲和韩纯之间的关系简直是突飞猛进，现在可以说是如胶似漆了。

“你俩是不是去结婚了啊？”苏南星看着正在给韩纯使劲儿按摩的杜菲菲，眼底满是疑惑。

“我……我们这叫日久生情，小南星你不懂的啦！”韩纯趴在床上，被杜菲菲按得脸部肌肉都在抽搐。

“谁说的！”苏南星被人一激就不行了，一把扯过正在电脑前不知道干什么的陈晴，“我和小晴才是日久生情！时间还比你们久！感情比你们深，哼！”

“南星你就别介意了，小纯就是逞逞口舌，逗你玩呢。”杜菲菲一边用力给韩纯踩背一边说道。

“对呀，我可是听说有人在追你哦！”韩纯调笑道。

“哪……哪有啊！”苏南星脸微微一红，随即满不在乎道，“我就是随便应付应付罢了，说被追，还谈不上呢。”

“大小姐的眼光高呀。”韩纯被杜菲菲按得闷哼出声，“改天让我们几个都帮你看看呀，让他请吃饭。”

“喂！”苏南星一脸薄怒的样子。

“哎呀！好舒服呀！”韩纯发出一声娇哼，接着一个翻身按住杜菲菲，“好了！亲爱的，换我来踩你了！”

杜菲菲赶紧从善如流地躺下，这几天在乐西寺家工作累得够呛。比赛将近，乐西寺那群人不要命地加强了的练习。最近几天都是匆匆吃完饭就去训练了，简直不给自己一点喘息的时间。同时，大家各方面也都更加邋遢了。零食、鞋子、衣服到处乱丢，连一贯干净的工作室都有很多垃圾。杜菲菲工作量骤增，这几天自然累得跟狗一样。

见两人有如入无人之境一般地秀闺密爱，苏南星冷哼一声，拉过陈晴：“小晴，我们也来马杀鸡！”

韩纯：“哈哈哈，小南星你太可爱了！这都嫉妒啊。”

“我才不是嫉妒。”苏南星龇牙咧嘴，模样煞是可爱，“我要向你们证明，我也有闺密爱！”

“她？”韩纯眼神不着痕迹地在此时沉默的陈晴身上转了一圈，随即若有似无地笑道，“那可真是希望小南星会有全世界最美好的闺密爱。”

听着韩纯这明显不太对劲的语调，杜菲菲也想到了那天陈晴和自己说的话，不由得抬起头。

“我和我们家小晴，那可是革命同志般的友谊！也不看看我们认识了多少年。”苏南星的鼻子都快翘到天上去了，显然是对陈晴背后议论自己的事情毫不知情。

不知怎么的，杜菲菲有些同情起苏南星来。

晚上杜菲菲还要去送外卖。但是还没等她收拾完毕，手机里就收到了乐西寺的微信，要她等会儿去学校门口等他。

最近乐西寺一直这样，从上次亲了杜菲菲，发誓要让她喜欢上自己之后，不管训练有多忙，都会抽出杜菲菲在去送外卖之前的这段时间里和她在一起。虽然仅仅只是陪着杜菲菲从学校走到打工的地方而已，但却一天都不落下，不管她多么别扭，都厚着脸皮等在门口。

然而杜菲菲却不一样，每次看到乐西寺，她脑海里都会自动回忆起他那天吻自己时嘴唇的柔软触感……她不敢看他，不敢和他对视，更不敢和他靠近哪怕一公分。只要一靠近，独属于男生霸道专制的气息就会包裹住她，让她在这些气息里迷失自己。

她都快分不清对乐西寺到底是什么感情了，不讨厌这个人的接近，但也不愿意和他更靠近，可是就连拒绝的话，也说不出口……

“我真是被他吃定了。”临出门前，杜菲菲满脸懊恼地嘟囔着。

“可不是被吃定了。”正在摆弄直播视频的韩纯头也不回地甩来这句，在杜菲菲惊诧的目光中转过头来，吃吃笑道，“我说，你真以为我们还看不出来，乐西寺对你有意思啊？”

“可惜啊……”韩纯捧着脸，露出一个妩媚的笑容，“他怎么就看不上我呢？我也穷，我也很拼的，要不要把他从你手里抢过来呢……”

看着杜菲菲明显变得紧张起来的表情，她坏坏一笑，一掌拍在桌上："放心吧！我才不会和你抢！你可别忘了，你可是我韩纯的御用闺密，闺密夫不可戏。"

"纯纯……"杜菲菲一脸感动。

"别别！你可别感动，我可不会安慰人。快去吧，真是的。"韩纯一把把杜菲菲推出门外。

杜菲菲站在门口稀里糊涂感动了好一会儿，才一脸振奋地："纯纯！我晚上回来给你带大馒头！下次你直播吃馒头！一次吃10个！"

"砰咚！"

里面传来椅子倒地的声音……

不得不说，乐西寺真的是个很好看的人。

已是初秋，S大四处都飘荡着清秋的气息。校园道路两旁的树叶已经泛黄，风吹过，吹起树叶打着旋儿地飘下来。

杜菲菲刚走到校园小道上，就看到乐西寺站在校门口，白色的衬衣在清冷的色调里微微发光，他很好看，即使这么寻常的装扮都穿出了矜贵的气质，有路过的人频频回头看他，乐西寺也浑不在意，只落落大方地站在那里，嘴角带着一抹浅浅的笑。

想到那令人动心的笑容是因为自己，杜菲菲又一阵没出息的心慌脸红。

然而乐西寺完全不给杜菲菲喘息的时间，他看到杜菲菲，立马挥挥手："菲菲！"

一瞬间，原本关注着乐西寺的人都回过头看着他们，杜菲菲的脸瞬间红成了火烧云！

"别……别那么大声啊。"杜菲菲走近乐西寺，低声道。

"哦。"乐西寺黑曜石般的眸子里闪过一丝狡黠的光，他突然凑到杜菲菲耳边，轻声开口，"这样声音够小吗？"

说着，他还故意呼了一口气，几乎是刹那间，杜菲菲的耳朵就变得通红。

"你……太坏了！"杜菲菲跳开一步，捂住耳朵大喊。

这段时间，他老是这样，仗着自己不讨厌他，就一直做这种意义莫名又让人脸红心跳的事，说的话也带着令人心动的暧昧，让人又爱又恨。

现在也是——

"更坏的事情我都做了，你还想怎么坏。"他垂下眼眸，直勾勾地看着杜菲菲的唇。

"呜哇！"杜菲菲捂着脸，飞也似的跑开了，"你……你不要这样啊！"

2

乐西寺见好就收，见杜菲菲就像一只浑身炸毛的小猫，马上就要逃跑，连忙上前几步按住她的肩膀。他说："好了，我开玩笑的，不要不自在了。”

杜菲菲白了他一眼，正想要说些什么。却见他突然收敛了笑容，俊美的脸庞带上了几分沉静：“陪我走走吧。”

自从认识乐西寺以来，杜菲菲很少在他脸上看到这种神色，就好像有什么很烦心的事情一般，她小心翼翼地问：“你怎么了？”

“没有。”乐西寺冲杜菲菲轻轻一笑，“有你陪着我就好了。”

说着，他自然地拉起杜菲菲的手，朝打工的地方走去，男生的手很大，掌心也是温热的，杜菲菲的小手被紧紧地握着，只觉得温暖熨帖。

她没有挣脱，两个人手拉着手就这么静静地走在路上，路过的人们不时投来艳羡的目光，杜菲菲的脸还是不可抑制地有些发红。

“今天的练习赛，我输给了千金笑……”没来由的，乐西寺低沉的声音轻轻响起。

杜菲菲诧异地转过头，第一次在他脸上看到不自信的神色，他抿了抿薄薄的唇，看着前方的落叶出神。

“上次在游戏展遇到的那个人，就是我最大的对手——千金笑，那家伙很厉害，这段时间我一直在观察他的作战视频……可没想到，这次我居然输了。下个星期，我和他会有一场模拟赛，这么多年来，我还是第一次感到自己压力很大。”

乐西寺一口气说了这么多，杜菲菲完全没想到，平日里潇洒温和，对一切都掌控于心举重若轻的乐西寺，会有这么大的压力，就好像一个完美的人，突然在你面前展现了他的脆弱。

这脆弱让人觉得既新奇，又心疼。

杜菲菲也不明白自己为什么会心疼乐西寺，但是看到男生好看的眉毛轻轻蹙起，往日里总是洋溢着笑容的脸笼上一层薄愁，她就觉得很不好受。

“要……要不然我今晚不去打工了，陪陪你吧。”

杜菲菲自己都没想到，嗜赚钱如命的自己，竟然会说出这样的话。

乐西寺显然也没想到，他诧异地看着她，随即却又笑了，摸了摸杜菲菲的头：“没事啦，我随口说说而已，不要为了我打破原则哦。”

“乐……”杜菲菲上前一步，想说自己愿意打破规则。

“不用了，如果是因为同情，那我未免也太逊了吧。”

乐西寺嘴角掠过一抹自嘲，推了推她后说道：“到了，我明天再来接你。”

杜菲菲呆呆地站在门口，看着乐西寺离开的背影。不知道为什么，总觉得隐隐的，他好像有点儿生气？

晚上打完工回到宿舍，杜菲菲把白天的事跟韩纯说了，正要请教对方，却被一顿臭骂。

“笨蛋。”韩纯翻了个白眼说道，“像乐西寺那样骄傲的大神，怎么会容忍你是因为一时的同情才和他在一起呢？他肯定希望你看到的是他的优秀和人格魅力呀。”

“可是……我没有同情他啊！只是想安慰安慰他而已。”杜菲菲辩驳。

“你呀……”韩纯一边用手指点着杜菲菲的额头一边说道：“真是死脑筋，人家心情不好压力大，哪知道大小姐你一开口就是我不工作了，专心陪你吧！人家自尊心那么强，误会你是因为怜悯，也说得过去啊。”

杜菲菲苦着一张脸看着韩纯。

“明天他还会来找你，到时候好好解释一下就行了。”韩纯看着杜菲菲一副陷入儿女情长里的迷茫脸，恨铁不成钢道，“其实你这么在乎他，到底在犹豫什么呀。”

童年时，父亲抛弃母亲远去的背影瞬间浮现在杜菲菲眼前，她皱皱眉，摇头不去想这些不开心的事情：“我……我就是不知道。”

也许她不是不知道，只是在害怕吧。

第二天乐西寺再来时，神色已经和平时一样了。杜菲菲好几次想要提起，却每次都被岔开话题。

“你的模拟赛是什么时候啊？”好不容易，杜菲菲终于鼓起勇气开口，主动询问道。

“下周一，怎么了？”

“没……我想在你比赛之前去看看，可以吗？”

“为什么不可以？明天周六，虽然不需要你工作，但是你能以客人身份来，我求之不得。”乐西寺眼神直勾勾地看着杜菲菲。

杜菲菲脸红了红，掏出手机说：“那，我给我妈打个电话，平时每个周末我都会回去的，这次跟她说一声。”

电话很快就接通了，杜菲菲告诉邹萍说了今天不回去了。可是就在要挂电话的时候，她的脸色却猛地一沉。

“谁在家里？”杜菲菲发问，还不等那边回答，她又神情严厉地说，“我现在就回去。”说着她很快挂断电话，看着乐西寺，“我要回家一趟，明天可能不能去你那里了，抱歉。”

说着，杜菲菲转身就要走，却被乐西寺拉住了，他凝视着她焦急的脸庞：“你这个样子，我不会放心的。”

杜菲菲没有再说什么，但是却默许了乐西寺和她一起回去。

等她一路冲到家里的时候，屋里只剩下妈妈一个人在，然而茶几上却还放着一杯还未来得及凉的茶。

“菲菲……”邹萍看着自家女儿的眼睛里满是不安和紧张。

“是他对不对？”杜菲菲发问。

“不……不是，就是一个朋友。”邹萍回答得一点儿都不自然。

“你不要骗我了，刚才我都在电话里听到了，他问你是不是我打的电话。他的声音无论大小我也听得出。”杜菲菲毫不留情地戳穿了母亲的谎言。接着她拿起茶几上的水杯凑到鼻子边闻了闻，“这是他最喜欢喝的大红袍，你根本就是在和他见面！”

“菲菲，你……你不要这个样子。”邹萍被杜菲菲戳穿真相，一下子连手都不知道该放哪里了，“他就是来看看，毕竟这也是他的家。”

“妈！”杜菲菲满面怒火，“当年他对我们做的事你都忘了吗？上次我赶他走的时候是怎么跟你说的？他不是你的丈夫，也不是我的爸爸，这里更不是他的家！”

“您自己看……”她从抽屉里拿出邹萍的病历本，“您的病是怎么得的？十几年了，我们连一张桌子都换不起，我们过的是什么日子啊？您居然原谅他，还认为这个家里有他的位置，妈，您太让我失望了！”

“菲菲！你怎么能这么说呢？你爸他，你爸他这么多年在外面也不容易啊！当年他离开我们，是他不对，可是这么多年过去了，我们不应该老看着以前的事情过啊。”邹萍也激动起来，脸色也有些急切了。

“我不管，他就是没有尽到一个做父亲的责任，没有做到丈夫的义务，您如果还想和他这么纠缠，就不要当有我这个女儿！”

杜菲菲愤怒地冲出了家门。

3

“菲菲！”邹萍在她身后厉声喊道，追到门口，可是女儿已经头也不回地走了，“菲菲！”邹萍脆弱地扶着门坐在地上，满脸泪水。

“我这是造了什么孽啊……”

“阿姨……”一直跟着杜菲菲的乐西寺蹲下身来，看着杜妈妈这个样子，他也不好就这么离开，“阿姨您先起来吧。菲菲虽然脾气大，但是不会胡来的。”

邹萍被乐西寺扶起来，脸上有些愧疚：“你是菲菲的同学吧？谢谢你啊，让你看到这些，我……”

说着，她的眼泪又要掉下来了。

“阿姨，没关系的。”乐西寺赶紧开口，“您身体不好，先好好休息，我去找一下杜菲菲。”

“好，好。”邹萍赶忙点头，抓住乐西寺，“同学，麻烦你好好劝劝我们菲菲，她……她爸爸走的时候，她还小，什么都不懂。这么些年，她吃了太多苦，都是我不好……”

见杜妈妈又要开始化身为祥林嫂，乐西寺截断了她的话：“放心吧！阿姨，我会好好安慰她的。”

乐西寺还是在之前那个花园长椅边找到了杜菲菲。

这个夜晚的光亮很少，月亮躲进了云层里，只有天边的几颗星星闪着暗淡的光芒，女生坐在花藤架的长椅上。昏暗的灯光下，她手里的手机屏幕一直闪着。乐西寺渐渐走近，就看到她是在犹豫着是不是要给家里打个电话，看来，虽然杜菲菲冲动地跑了出来，心里还是记挂着母亲的。

“菲菲。”乐西寺走到女生面前，杜菲菲抬头，就看到男生关切的脸。

“我……”杜菲菲见到他，激动地站了起来，一脸的欲言又止。

“你妈很好，现在只是很担心你罢了。”乐西寺知道她要问什么。

杜菲菲感激地看着他：“谢谢你，乐西寺。”

“我说，我都看过你两次发脾气的样子了。这次该请我吃饭了吧？”乐西寺捂着肚子，“好饿。”

“扑哧！”杜菲菲被乐西寺故意做出来的苦瓜脸逗笑。她点头道，

“好，我请你吃饭。”

一路上乐西寺都在和杜菲菲扯东扯西。杜菲菲也情不自禁地跟他打打闹闹。但其实心底里，她并不愿意触碰刚才经历的事情，也很感谢乐西寺不多问，也并不站在母亲的角度来指责自己。他只是简简单单地陪着她，这就已经令人感到温暖和安心。

“明天你还来吗？”送杜菲菲到达打工的地点，乐西寺关切地问。

“嗯。”第一次，杜菲菲主动牵起乐西寺的手，在男生微微诧异的时候，她踮起脚尖，在乐西寺脸颊轻轻印下一个吻。

乐西寺整个人都呆住了。他不敢相信地看着杜菲菲，见她低着头，羞红了脸站在他身边。

“菲，菲菲……你刚才……”乐西寺抚摸着自己刚才被杜菲菲亲吻的面颊，那上面似乎还残留着女生唇畔柔软的温度，微微的，他的嘴角不受控制地往上扯，“我是不是可以理解为，你这是……接受我了？”

带着调笑的口吻响在杜菲菲耳侧，女生白嫩的耳垂一片通红。她抬头看了乐西寺一眼，眼神略微有些责备，微怒道：“喂！”

“好了好了，我不开玩笑了。”察觉到杜菲菲的脸皮太薄，乐西寺只好作罢，他轻轻把杜菲菲拉进怀里，像是印证着此时两个人的纯情似的，一直没有出现的月亮终于探出头来，清辉遍洒。乐西寺深吸了一口气，“菲菲，我真开心。”

杜菲菲静静地靠在乐西寺的怀里，虽然没有说话，但是她的唇角却是弯着的。

今晚发生的一切，对杜菲菲来说都像是做梦一般。然而她只知道自己想要和乐西寺在一起，即将分别的时候，她因为不舍，急急忙忙在男生的脸上印下一吻……杜菲菲搞不清楚自己究竟要不要接受乐西寺，可是一想到今后乐西寺会和别的女生在一起，她就难过得不能自已。

所以……这就是喜欢吧？这种浑身都洋溢着温暖的感觉，这种觉得全世界都变成粉红色了的感觉……

“从今天开始，你就是我的了！”分别前，乐西寺抓着她的肩膀，郑重其事地说道。

杜菲菲被他这高调的宣示弄得招架不住，便一把推开他，就直接往打工的店里跑去。而乐西寺却站在那里，看着女生逃跑的身影，隐忍不住兴奋的情绪，吹了一声响亮的口哨。

打完工回到学校后，杜菲菲拍拍烧红的脸，心情愉悦地打开宿舍门——

“呜哇！菲菲！”

一个人影就这么笔直地朝杜菲菲撞了过来，杜菲菲一阵惊恐，正要躲，却被苏南星一个熊抱抱住。她不知道为什么满脸泪水，全都擦到了自己的衣服上。

“菲菲！我被人坑了！”

“这是怎么了？”不等杜菲菲说话，韩纯恰好也从外面回来，她疑惑的声音从背后传来，“小南星怎么哭得这么伤心啊？”

“纯纯！”苏南星松开杜菲菲转身抱住了韩纯。此时，她的眼泪流得更凶了，“我的小说被人抄袭了！”

韩纯和杜菲菲都吃了一惊，她们赶紧拉着苏南星回到宿舍里，杜菲菲把门关上，这才问道：“怎么回事啊？”

“我……我也是刚刚知道。”苏南星抽泣着，脸上的妆全都哭花了，“你们知道，我平时就喜欢写点小说，因为菲菲和西寺的相识很让人动心，所以我就以他们为原型写了个故事。最近正准备去出版社投稿，可是我才给编辑发过去，就被编辑说我的东西是抄袭。”

说到这里，苏南星的情绪激动起来，她从抽屉里拿出自己的手稿，忍不住悲从中来：“菲菲，纯纯，你们看！我的稿子都是花了两个多月时间，一点一点用手写出来的。可是编辑却说，有人早就在网络上发表了一模一样的内容！我根据编辑告诉我的，找到了那个叫‘无垠萱草’的作者，发现她发到网上的小说果然和我的一字不差！而且编辑还说，这个人已经投稿给她，社里已经准备出版了！这是我的东西啊！……菲菲，纯纯，我好心痛啊，好不甘心啊……呜呜……”说着，她趴在桌子上痛哭起来。

杜菲菲和韩纯一时间也不知道说什么是好，苏南星写小说的事是众所周知的，虽然杜菲菲和韩纯从来没有去看过，但是女生宿舍经常开着门，同学们四处串门，被谁翻到稿子拿去抄了一点也不奇怪……可关键是，谁会做这种事呢？

“太过分了！”杜菲菲满面怒气地攥紧拳头，法律系学生的正义感涌上心头，“这样的行为和偷盗抢劫有什么分别！南星你放心，我们一定会帮你找到这个人的！”

“是啊，一定要和对方当面对质，南星你有手稿，还有整体的构架思路，就算这个小说不能出版，也不能被人冒名顶替！”韩纯也难得地严肃了一把。

“其实能不能出书，我都不在意。”苏南星抽抽噎噎地说，“我就是觉得，这是我的心血。它相当于我的孩子呀，谁愿意自己家的孩子被贼人偷走啊！”

平日里的苏南星，因为家世好，成绩也不错，一路顺风顺水地长大，的确有点儿大小姐脾气，一点点小病小痛就会喊得比谁都大声，可唯独在写作一事上，她投入了前所未有的热情。

为了找素材，她一个星期啃10本大部头都不在话下；有灵感了，熬整个通宵去写稿子都没有关系；遇到了写得好的小说，一遍两遍地看，分析构架分析人物分析情节。

杜菲菲平日里虽然和苏南星交集不多，却也对她讨厌不起来，所有燃烧热情去为梦想努力的人，都是值得佩服的。

“你放心南星，我们一定会帮你的。”

杜菲菲正说着，门开了，陈晴出现在宿舍门口，惊讶地说：“这是怎么了？大家都在，南星，你怎么哭了？”

“小晴……”苏南星只是叫了一声陈晴，眼泪就又流下来了。

“陈晴我告诉你，南星的小说被人抄袭了！还在网上发表了，现在都要签约出书了！”韩纯跳了起来，脸上都是义愤填膺之色。

“啊？怎么会发生这样的事！”陈晴面色难掩震惊，但是眼底却闪过一丝躲闪，她走到苏南星面前，“南星，不要伤心了，你还有我呢。”

“小晴……”苏南星呜呜哭着抱住她。

“我们准备找出证据找到这个人，然后让她亲口承认自己抄袭了南星的作品，小晴，你和我们一起帮忙找线索吧。”

“啊？”陈晴闻言，脸色有些为难，“可是，我今天在外面跑了一天……”

“可是我们一定要找到那个无耻的人，给南星讨回公道！”

杜菲菲目光灼灼地看着陈晴，可是陈晴却在她的目光下逐渐收回了视线，神色有些不自然，她皱眉道：“可我实在是太累了，而且大姨妈第一天，我脑子现在还晕晕的。”

说着，陈晴就爬到床上去，脸色苍白的样子，好像是真的很不舒服。

“陈……”韩纯还要去喊陈晴，却被杜菲菲拉住了。

“那你就在寝室里陪着南星吧，我和小纯去找线索。”

“嗯。”陈晴脸上的神色又苍白了几分，有气无力地答应了一声。

4

走出宿舍后，韩纯拉着杜菲菲，义愤填膺地说。

“菲菲，你怎么不让我骂陈晴啊？你看她那个样子。小南星为了这件事都快哭成泪人了，她却还只顾着自己不舒服。”

“人家根本就不想和我们一起查这件事，你勉强也没用的。”杜菲菲抿了抿嘴唇，“而且，她不去也好。”

“嗯？”韩纯瞪大眼睛，“为什么啊？”

杜菲菲看着韩纯纯粹的眼神，叹了一口气，抓住她的手说：“小纯，我现在才明白，有好朋友是什么感觉。”

“说什么呢！”韩纯被杜菲菲这突如其来的告白弄得俏脸一红，却没有挣开杜菲菲的手，“现在知道我好了，告诉你，本小姐可是高岭之花，能做你朋友，你就得烧高香知道吗。”

杜菲菲忍不住笑了，可是韩纯想通她话语里的意思，忍不住开口问：“菲菲，你是在怀疑陈晴吗？虽然我平时也觉得她亲切得有点儿虚伪，但她看起来不像是这么恐怖的人呀。”

杜菲菲摇了摇头，深沉地说：“我也不知道，只是随便猜猜而已，也许是我猜错了吧……”

也许，她们应该去乐西寺的工作室找苏昭，身为苏南星的哥哥，他应该会有一些线索。

说去就去，她们很快就到了工作室。

“哇，我知道乐西寺有钱，可是完全没想到他竟然有钱到买了一栋别墅的程度！”韩纯从一进小区就开始感叹，接着又自怜，“好歹我也是个小网红，却连这里的厕所都买不起，人和人之间的差距也太大了吧！”

杜菲菲按响了门铃，没过多久，大门就打开了。可是，当门里的人出现在她们面前时，韩纯居然惊呼一声，往杜菲菲身后躲去，只从她肩膀处露出了个头。

“真是有缘啊，我们又见面了。”

门里的人笑得风雅俊朗，眼睛弯弯的，像是一轮明月。

这个声音……杜菲菲瞪大眼睛，居然是那天游戏展里见到的白东篱！

“谁来了？”乐西寺从后面走过来，待看到门外的杜菲菲和韩纯时，愣了一下，接着惊喜道，“你们怎么来了？”

杜菲菲举步正要往里走，却被韩纯拉住了。

“小纯？”杜菲菲回头。

“不，不要进去啦，那个人怎么会在啊？”韩纯的脸红红的，眼睛还不停往白东篱身上瞟。

“谁啊？你说他吗？”杜菲菲完全不解其意，还抬起手来指着白东篱，完全不理解的神情。

“不要指啦！”韩纯急得就快要跳起来了，抬眼又刚好看到白东篱带笑看着自己的眼神，不由得更加乱了，她抓住杜菲菲的手，一跺脚，“哎呀，他就是上次那个帮我拔鞋跟的人，丢死人了，丢死人了，丢死人了！”

韩纯捂住自己的脸，眼睛看都不敢看白东篱。

“你叫小纯？”谁知道里面的男生完全不管现在韩纯已然羞愤欲死，清闲的语调里带着笑意，“和你的人很相配。”

“呜哇！”韩纯恨不能躲在杜菲菲身后一辈子不出来。

杜菲菲和乐西寺对视一眼，两人都从对方的眼里读到了阴谋的味道。

“那个，我有事先走了。”

“那个，我有事先走了。”

异口同声，还不等韩纯和白东篱有反应，乐西寺就一个箭步冲出来，带着杜菲菲以迅雷不及掩耳之势离开了家门口。

“杜菲菲！”韩纯跺脚着急的声音响彻天际。

“喂，我们这样会不会很不道义啊？”离开的时候，杜菲菲问乐西寺。

“放心吧，白东篱那个家伙，只怕是早就看上韩纯了，等着吧，估计他很快就能搞定了。”

“我们这样可真八卦啊。”

……

两人嬉闹了一阵，在别墅区的花园旁停了下来。花园的中心有一个小亭子。亭子的四周开满了鲜花。杜菲菲和乐西寺在亭子里坐下。此时秋高气爽，凉风吹来，很是舒服。

“为什么白东篱会在这里啊？你们不是竞争对手吗？”杜菲菲问乐西寺。

“是这样没错，可是，能遇到旗鼓相当的对手，对我来说，是一件值得珍惜的事。再加上他人很不错，确实是一个值得交往的朋友，所以我邀请他来参观我的工作室。”

杜菲菲沉默了，她抬头看着乐西寺。原本俊美的男生，像是笼罩在一层金光里，有着圣洁的味道，他这样努力奋进地追求梦想，却又那么智慧豁达……

忽然之间，她的心跳更加快了。

“对了，你打完工怎么过来了？有什么事吗？”乐西寺不知道杜菲菲心里的想法，转而问道。

“哦，我们是来找苏昭的。”杜菲菲回过神来，把苏南星的事情告诉了乐西寺，“我有点怀疑陈晴，毕竟南星平时写的稿子，我和小纯都没有兴趣，只有陈晴，会在南星每写完一点后就和她讨论，而且，今天陈晴知道南星的事情后，没有任何表示。身为好朋友来说，这也太不正常了。”

乐西寺若有所思地看着杜菲菲：“你有什么证据？”

“那倒没有。”杜菲菲摇了摇头，“所以我和小纯就想来问问苏昭，看看他有什么线索。”

“既然这样，那我们现在就赶紧去吧。”乐西寺拉着杜菲菲的手就往家里走。

等两人到了房间，才发现，根本不用他们说，韩纯已经完完整整地告诉了苏昭。

“什么？我妹的小说被人给抄了？”苏昭从沙发上一跃而起，往日里沉稳的师者风范消失得无影无踪，“谁？谁敢这么欺负我妹？”

杜菲菲和一众学生都目瞪口呆地看着苏昭。

“你暂时不要这么激动。”乐西寺开口，“现在问题的关键是，谁会对一个完全没有名气，从来没有出过书，甚至连稿子都是手写的文艺少女的小说感兴趣。”

“杜菲菲第一个不可能，她的眼里只能看到钱，韩纯就更不可能了，你问问她白日依山尽的下半句是什么，她估计都不知道，除了我家菲菲，我对别人的一切都没有兴趣，所以这几个人就基本能排除了。”

乐西寺有条不紊地分析着，苏昭嘴角抽搐：“说点有用的行么？”

他伸出一根修长白皙的手指，看着众人：“抄袭者一定是南星身边的亲密好友，除了菲菲和韩纯之外，现在看起来只有陈晴有嫌疑，但是我们对南星的其他朋友不了解，所以就要靠你这个哥哥了。”

5

“我们家南星，你们别看她那样，其实朋友特别少。”苏昭有些不好意思地挠挠头，“也怪我们宠坏了她，总是爱发大小姐脾气，虽然她很优秀，但从小学到高中，真的没有人跟她走得很近，直到上了大学，她才高兴地跟我说终于不孤单了。”

大家听了苏昭的话，都沉默了下来。

杜菲菲更是没想到，虽然身世千差万别，但这个世界上，竟然还有和她处境一样的人，一样这么孤单，一样不被人理解，一样的形单影只。

像是察觉到杜菲菲心底的情绪一般，一只温暖的大手握住了杜菲菲的小手。她抬头看见，乐西寺正冲她微微一笑，杜菲菲心头为之一暖。

“对了！”韩纯的声音突然响起，她看着众人道，“之前南星在宿舍说过，有个男生在追她，会不会是那个男生啊？”

“我妹妹交男朋友了？”苏昭的注意点完全和众人不在一个频率上，他一下站起来，脸上愤愤，“我去问南星！”

大家还来不及阻止，就见他风风火火地朝外面走了。

“真是……”乐西寺摇了摇头。

“我倒是认识一个人，也许能帮帮忙。”正在这个时候，一直在旁边没有出声的白东篱突然说。

“那还等什么呀，赶紧叫人啊。”韩纯催促道，转头却看到白东篱直直看着自己的眼神，顿时脸一红，“那个……我心急，麻烦你了。”

“不麻烦，能帮上你的忙，我很荣幸。”

杜菲菲和乐西寺齐刷刷地转过头，看到韩纯面色绯红，漂亮的眼睛里也盈满了水光，心头不由得升起了几分笑意。

看起来，这两个人中间绝对会发生点什么。

白东篱打了个电话，很快，就有一段截图传到了他微信上。众人凑过去看，是几段QQ消息记录，对话的两人正好是那个“无垠萱草”和出版社编辑。看完后，韩纯和杜菲菲对视一眼。

“这是陈晴的口吻。”杜菲菲沉声道。

乐西寺和白东篱用眼神询问韩纯，韩纯也抿了抿嘴唇，轻轻点了点头。

“这是跟我一起电竞的搭档，精通和电脑科技有关的一切，这段对话是他黑进编辑的电脑找到的。不过你们说的陈晴，是怎么回事？”白东篱看着韩纯问道。

韩纯看了看杜菲菲，见对方点头后，把陈晴和苏南星的关系说了。

“那这么看来，这个人有可能就是你们说的那个陈晴了。只不过这个‘无垠萱草’的身份还不能确定。你们和陈晴朝夕相处，可以通过对方的语气来辨认，但要动真格的，要能让抄袭者自己承认，必须手握证据才行。”

“白东篱，你那个搭档可以弄到这个编辑的电话吗？”乐西寺突然道，“既然都签约要出书了，合同上肯定有真实姓名，只要找到编辑一问，就什么都知道了。”

“我试试看。”白东篱说着又打了一个电话，很快那边给他发了一条信息，是一个电话号码。

韩纯拿起手机，正要打，被白东篱制止了，他把自己的手机递过去：“用我的，免得以后有人找麻烦。”

韩纯心里一阵暖意，她感激地看了白东篱一眼。拿过对方的手机，拨通了电话。

可是韩纯才刚刚说明事情来由，就被编辑以“合同规定，任何一方不得向未经证实的第三方透露有关合同的任何隐私问题”为由，挂断了电话。

韩纯握着手机和大家面面相觑，线索到这里，又断了。

第六章

迷茫的内心

1

夜幕降临，乐西寺工作室里的少年们知道今天老板有事，于是都提前走了。房间里只剩下了杜菲菲几个人。

“其实我朋友不只是黑进了编辑的电脑。”白东篱看大家都没有说话，开口道，“我让他把你们的电脑记录都查了一遍，除了杜菲菲没有笔记本电脑之外，其他人的聊天记录，他那边都有备份。”

“喂！你居然连我都不相信！”韩纯第一个跳出来不服。

“我不是不相信你，而是想要证据。”白东篱沉沉地看了韩纯一眼，目光里的冷峻让韩纯的眼神微微一缩，顿了顿，白东篱继续道，“同一个时间段，我要我朋友黑进了你、苏南星，还有陈晴的电脑，发现只有陈晴在这个时间登录过电脑并用了公共网，而且……”

白东篱在手机上点开一张图，让杜菲菲三人看。高分辨率的屏幕上，几张截图清晰地印在杜菲菲三人的眼里。

“这是……”韩纯的面色有些惊愕。

“陈晴就是‘无垠萱草’，发往这个编辑邮箱的注册名就是用的这个，而且……”乐西寺伸出手指向下滑，停在了一个截图上，“这个编辑的记录里也标明了，无垠萱草，就是陈晴。”

韩纯倒吸了一口冷气。

“我要把截图放到网上去，让所有人都知道陈晴是个什么样的人。”杜菲菲激动地站起身来就要往外走，却被乐西寺拉住了。

“不要冲动。”

“我很冷静。”杜菲菲现在仿佛笼罩在一片怒火里，眼神都带着煞气，“陈晴这样太过分了，南星一直把她当成好朋友，我刚开始还在想自己是不是猜错了，但是现在，看着她这副无耻的样子，我一定要惩罚她。”

“菲菲……”韩纯被这个样子的杜菲菲吓到了。

“就算要惩罚，那个人也不应该是你。”乐西寺看着杜菲菲这样，又是心疼，又是无奈，“这是陈晴和苏南星之间的矛盾，你应该要做的，是把这个截图给苏南星看，让她决定这件事应该怎么处理，而不是你去发帖，你去制造舆论，万一到时候被人倒打一耙，说你是诽谤造谣怎么办？”

“我当然会告诉南星这些事，她不会有意见的，如果陈晴承认这些事，我要让南星起诉陈晴，为自己讨回公道！”

“你疯了吗杜菲菲？”乐西寺被她这理论气得不轻，他低吼道，“这是苏南星和陈晴的事，和你没有半毛钱关系！”

“为什么没有关系？你刚才也听苏老师说了，南星她当我和小纯是朋友，是朋友，就应该为她出头啊！”

“不管你和她们的关系有多亲密，即使你们是至爱亲朋，你也没有权利去代替别人做决定！”

杜菲菲只觉得耳边“嗡”的一声响，仿佛被人当头一棒。

“你……你什么意思？”

“什么什么意思？”乐西寺有点懵，“我是说，不管陈晴做了什么错事……”

“是……我是帮我妈拦住了我爸，但是那又怎么样？当年我爸对我们那么过分，现在我拦着不让他再伤害我妈和我，怎么了？”杜菲菲打断了他的话，忽然之间发起脾气来，“你之前一直没有说什么，我还以为你是支持我的，什么叫即使是至亲家人也没有权利去代替别人做决定？你是在说我做错了吗？”

一瞬间，整个房间里都安静了下来，乐西寺不敢相信地瞪大了眼睛，他看着仿佛浑身带刺的杜菲菲，这才明白……她到底为什么生气，原来，她一直没有放开心头的巨石，她一直很在意白天的事！

“杜菲菲！”他气不打一处来，“这个世界并不是只有黑白两种颜色！我们找到了陈晴就是那个抄袭者的证据，但唯一有资格决定要不要惩罚她的，只有苏南星一个人！就算你父亲深深地伤害了你的家庭，你要一辈子恨他也好，但你却没有资格代替你母亲做决定，你难道没有发现过，从头到尾，你一直都没有好好坐下来听听你妈妈说的那些话吗？她想原谅，可是你却深陷在过去的伤痛里无法自拔，憎恨只能让人活得很痛苦！”

乐西寺的话，像是锤子一样，一下下砸在杜菲菲的心上。

“你……是这么看我的吗？”她有些失神地看着乐西寺。

“你不要误会，我只是想告诉你……”乐西寺试图解释，却被杜菲菲的话打断了。

“你不用说了，我明白了，我专制，我一根筋，我活在自己的世界里。我都明白了。”像是人偶一般，杜菲菲的脸都没了生气，她仿佛虚弱了一般坐在沙发上，眼睛失神地看着地面。

“菲菲，我不是这个意思，你听我说……”乐西寺走到杜菲菲面前，想要解释，却传来了门铃声。

一时间大家都没有说话，气氛尴尬到了极点，白东篱站起来，咳嗽两声，道：“乐西寺，跟我去开门。”

乐西寺闻言表情还是有些不好，但是被白东篱瞪了一眼，他不情不愿地跟白东篱往门口去了。

两人走后，韩纯握住杜菲菲的手，小声安慰道：“菲菲，别生气了。”

“嗯。”杜菲菲有气无力地回应了一声。

“其实乐西寺说的也有道理，咱们虽然这么热心，可是事情到底是发生在南星身上，身为朋友，我们要做的，就是站在她身边坚定地支持她，在她需要的时候成为她坚强的后盾。你说呢？”

杜菲菲转头看着韩纯真诚的眼神，回想着刚才乐西寺说的那些话，她心里还是有些刺痛。

“别想了，他们进来了。”韩纯捏捏杜菲菲的手，给她一个坚定的眼神。

杜菲菲被提醒后也意识到现在自己有些矫情，等乐西寺他们进来的时候，她已经收敛了自己的情绪，恢复了面无表情的样子。

“菲……”乐西寺想主动求和，女生却偏过头，不打算理他。

“这位就是我的朋友，叫华铭。”白东篱身边站着一个气质温和的男生。相较于白东篱的矜贵优雅，乐西寺的张扬爽朗，这个男生给人一种邻家大哥哥的感觉，笑起来很清新自然，看上去既可爱又亲切。

“刚才就是他黑了编辑的电脑，找到了那些对话。我也是才知道，他最近一直在追你们的室友苏南星。”

韩纯和杜菲菲同时面露惊讶之色，难怪南星老说追她的男生跟她现在小说里的男主角一模一样，这个男生的确很帅。

“抱歉，我刚才听东篱说了南星的事，忍不住就过来了，请一定让我参与到你们的调查里面去，拜托了。”

韩纯和杜菲菲赶紧站起来："能有人帮忙当然好，别客气。"

"你们现在是怀疑南星的那个室友，陈晴吗？"华铭温和地开口，"她现在在哪里？或许我们应该让南星和她见一面。"

"啊！"杜菲菲和韩纯同时尖叫起来。

大家都不解地看着她俩。

"陈晴在宿舍！我们刚才出来的时候，让她陪着南星来的！"杜菲菲解释道。

"糟了，要赶紧回去。"华铭脸色一变，不等大家反应就冲出了门。

"我也要回去，现在不能让陈晴和南星在一起了。"杜菲菲和韩纯也急匆匆地出门了。

"你跟华铭说了是苏南星被抄袭了吗？"乐西寺看着她们离开的背影，苦笑了一下，转身问白东篱。

"没有啊，我都没有说姓名，只是说了这个事，他就问了我的位置跑过来了。我还以为是苏南星告诉他的……"

乐西寺若有所思地看着他们离开的方向："那华铭是怎么知道这些事的呢？"

"总会知道的。"白东篱一笑，"对喜欢的女生，就算再木讷的人，也总有一些别人想不到的办法，说起来我还不如华铭呢，追女孩子的手段一点都不高明……"

乐西寺也露出深以为然的表情，两人面面相觑，两个电竞大神在这个微凉的初秋夜晚，不约而同地发出一声挫败的叹息声。

2

“菲菲，你说，这个陈晴也太可怕了吧。”回去的路上，韩纯抱着自己有些发抖的双臂，“真没想到她会干这种事。”

“知人知面不知心。”杜菲菲冷冷地说。

韩纯摇了摇头：“搞不好，是南星犯了大小姐脾气，陈晴因为生气才想要报复一下……”

“不是。”杜菲菲打断了她的猜测，她抬头看着韩纯愣住的脸，“这和南星的个性没有多大关系，从很早以前开始，她就没有把南星当朋友了吧。”

“其实我倒觉得……”她一边往宿舍走，一边继续说，“既然一开始就选择和南星做朋友，那么南星性格里的那些小缺陷如果不能容忍，直接说就可以了。有了怨恨的友情，根本就不算友情，更别提在背后捅刀，让人伤心了。”

说着话，她们已经到了寝室门口，听到里面有人在说：“南星，手稿放你这里太危险了，我来帮你保存吧。起码那个抄袭的人不会想到你的手稿在我这里。”

杜菲菲和韩纯对视一眼，一起打开了宿舍门。

杜菲菲和韩纯一打开门就看到之前嚷着累早已睡下的陈晴。她正站在双眼已经哭得红肿的南星面前，柔声细语地劝慰着南星。

杜菲菲站在门口，宿舍的灯光柔和地透出来，照在漂亮的碎花窗帘上。这里简直温馨得像个小家，光线照射在陈晴的脸上，更是给人一种小家碧玉的可亲感觉。

在这之前，杜菲菲对陈晴一直都是这种印象——温柔，可亲，几乎没有脾气。

其实，如果她没有对苏南星做这种事，之前也没有说过那样一番话的话，杜菲菲对于她的印象还是很不错的，一个善于倾听、不管做什么都会顾虑到你的心情的人，对孤单惯了的人来说，很有吸引力。

然而现在事实摆在眼前，杜菲菲闭了闭眼睛，她还没来得及开口，身旁的韩纯就看不下去了。

“怎么，抄了一大半，最后结局编不下去了？所以才费尽心思地想要从南星手里骗到手稿？”韩纯站在门口，眼底全是嘲讽，“东郭先生与狼的故事，我今天总算知道了。”

“你……”陈晴听到韩纯的声音，倏然转过身来，清秀的脸上满是惊慌。

“我怎么了？”韩纯轻蔑一笑，一步步走进屋子里，“我说错了？我冤枉你了？还是我刚才说的，有哪里让你觉得害怕的？”

“韩……韩纯，你在说什么，不要胡说。”陈晴被韩纯的气势逼得眼睛看向别处，出言道。

“我在说什么？”韩纯冷笑一声，她把陈晴从苏南星身边拽开后，厉声说，“我说你抄了南星的稿子，说你无耻，说你犯罪！”

陈晴被韩纯这几句厉声诘问惊得抬起头来，脸色瞬间变得惨白，她哆嗦着嘴唇：“韩纯，你不要仗着自己在外面有点名气就血口喷人。你凭什么说我抄了南星的稿子？你有什么证据？”

“是呀。”苏南星也是一头雾水，她站起身来，看着杜菲菲和韩纯，“菲菲、小纯，这是怎么了？你们不是去找我哥了吗？怎么突然回来说小晴是抄袭者啊？你们不要怀疑小晴，我相信小晴。”

“哈哈。”韩纯听完苏南星的话，冷笑一声，转而看向陈晴，“看吧，到了这个时候，被你害惨了的好朋友还在维护你呢，我说你就自己承认了吧，别弄得大家都不好看。”

“你到底在说什么啊？”像是被苏南星的话给刺激了一般，陈晴突然大声起来，“你出去一趟得病了吧？我怎么可能对南星做这种事？”

“不要再说了。”一直没有说话的杜菲菲突然说话了。陈晴转头看去，就见她拿出手机，看也不看自己，径直走到苏南星面前，“这个人说话的口吻，南星你应该比我和韩纯更熟悉吧。”

陈晴待要上前去夺，忽然被韩纯拦住了，韩纯拿过杜菲菲手里的手机，塞进陈晴的手里。

“你自己拿去看吧，证据确凿，休想抵赖。”韩纯警惕地说。

陈晴低下头去，就看到了之前她和出版社编辑之间互通的邮件，以及之前QQ对话的截图。

“平时你说话的习惯，我们大家都完全可以看得出来，再加上本来和南星走得近的人就少，除了你之外，几乎没有人是和她如影随行的。以南星的个性来说，她对你毫无戒心，手稿放在哪里，稿子写到哪里，接下来有些什么情节，都会和你说吧。”杜菲菲顿了顿，看着陈晴的眸子里闪现出锐利的光，“毕竟她最好的朋友可是你呢。”

顿时，整个宿舍一片安静，就连韩纯都不再说话，只是静静地看着她们。

“小晴……”苏南星颤抖着声线，热泪盈眶，她看着从拿到手机后就一直低着头，浑身僵硬的陈晴，“真的是你吗？”

陈晴的肩膀抖了一下，长发挡住了她的脸，没有人看得到她脸上此刻是什么表情。她紧紧地握着手机没有说一句话。

“我不相信。”苏南星的两只眼睛都快肿成核桃了，她步履蹒跚地上前两步，“小晴，你告诉我，这不是真的，你没有背叛我，这些都是小纯和菲菲拿过来骗我的，都是开玩笑的……”

3

“可笑！”陈晴冷冷地说道。她抬起头来，嘴角噙着冰冷的笑意。她说，“单凭这么一点点聊天记录就想污蔑我？我说话的语气是这样，那又怎么样？这个世界上有这种说话习惯的人千千万，难道你们每一个都要去怀疑一遍吗？你们早就看我不顺眼，直说好了，何必故意陷害我来恶心人？”

“我们恶心你？”韩纯都快气疯了，她从陈晴手里夺回手机，“我们跟你无仇无怨的，为什么要污蔑你啊？陈晴，大家都在给你台阶下，你何必闹成这个样子？”

“我闹？”陈晴一副被气笑了的样子，“我白天都在外面做家教，回来不过是说了句我太累了，你们就开始责怪我，我在宿舍陪着南星，听她说自己的伤心事，想办法补救，不愿意她继续受伤害，要她把剩下的手稿交给我保管。怎么？是不是在你们看来，每一个这么做的人都有嫌疑？每一个和南星走得近的人都是抄袭者啊？”

“你！”听到她这番颠倒黑白的辩解，别提韩纯，就连杜菲菲也气得脸都涨红了。

“我什么？杜菲菲，苏南星的事儿你跟着这么起劲，到底是她被人抄还是你被人抄啊？这么着急地要别人承认，照我看，做这件事的人搞不好是你吧！”

“陈晴，你少倒打一耙！”韩纯上前一步，拉住杜菲菲的手，“菲菲平时根本不在宿舍，就连南星的手稿放在哪儿都不知道！”

“随你们怎么样。”陈晴哂笑一声，再也没有了平常亲切的样子，

“你们早就看我不顺眼了，这次刚好有机会可以一起排挤我，不就是想让我走吗？我今天就搬出去，大家眼不见心不烦。”

说着，她就拉开衣柜，把床底下的行李箱拖出来，开始收拾东西。

“小晴，你这是干什么？”苏南星见陈晴真的开始收拾东西了，哭着上前阻止她，“不是你做的就不是你做的，都说清楚了，为什么要搬走？”

“为什么？”陈晴听了苏南星的话，放下手里的东西，看着她说，“我都被你们这么欺负了，难道还想以后一起住下去吗？”

“你说清楚！”突然间，韩纯的声音冷冷响起，陈晴转头，就看韩纯一张清丽绝俗的脸上都是冷傲，“我们3个是怎么欺负你的？是孤立你了还是抢了你东西还是跟你动手了？”

韩纯此时的表情很可怕。她看着陈晴的表情，就跟看阴沟里的老鼠一样：“只要你说出哪怕一件，我们3个一起欺负你的事情来。我韩纯今天就给你道歉。”

苏南星有点被吓到了，忍不住咬了咬嘴唇。杜菲菲意识到了什么，走到韩纯身边，扯了扯她的手臂：“小纯，你怎么了？”

“哼，没什么，只是觉得有些人也太可笑了，把别人当成白痴呢。喂，我说你……”韩纯的表情变得讥诮起来，“就算是没有今天这件事，你也是要搬出去的吧？前段时间你还在整天嚷嚷着没有钱，只不过是出去家教了几天，怎么？居然这么有钱在外面租好房子了？”

“你……”陈晴被韩纯呛得说不出话来，只是看着她，脸色一阵青一阵白。

“我什么？我怎么知道的？”韩纯的个子本来就高，她低下头俯视着陈晴，“你还真以为我什么都不知道啊？”

“我们为什么会有这份聊天记录，那个出版社编辑早就把什么都告诉我们了！那份图书出版合同上根本就是写的你的名字！”

听到这个，陈晴又惊又怒，抓住行李箱的手忽然一松，脚下一软，跌坐在椅子上。

“你，你们居然……连这个也查到了……”

苏南星在一旁看了这么久，终于睁大眼睛，不敢相信地看着陈晴：“小晴……真的是你……”

一瞬间，她忍不住泪流满面，苏南星一步步走到陈晴面前，浑身发抖：“为什么？为什么要这么对我啊？你不是我最好的朋友吗？我什么都跟你说……我的梦想……我的一切……我……”

苏南星激动到语无伦次，好几次都有些站不稳，双手颤抖着。没有什么比最好的朋友的背叛来得更让人受不了了。

“南……”韩纯实在看不惯苏南星这副脆弱的样子，上前一步，就要拉住她，却被杜菲菲拦住了。

她摇摇头，低声说：“随她去吧，她这是太伤心了。”

“你说啊，为什么？”苏南星一步步走近陈晴，哭着摇头说，“这本小说，每一个构思，每一个设定……都是你看着我一字一句写在稿纸上的，你跟我说，等我成了大作家，你就做我的专属经纪人，你说过那么多……难道都忘了吗？”

说着，她伸出颤抖的双手，就要扶上陈晴的肩膀。

“别碰我。”

冰冷的语调骤然响起，苏南星的手停在了半空中。

“不要靠近我。”在所有人震惊的视线里，陈晴抬起脸，之前脸上的苍白全然消散，有的只是眼睛里的冰冷和嫌恶。她看着苏南星说：“是，是我做的，无垠萱草是我，抄你小说的是我，把稿子发表到网上的也是我。”

宿舍里的气氛一下子降到了冰点。

4

“小晴……”苏南星被这突如其来的打击弄得站立不稳，摇了摇身子就要倒下，被杜菲菲和韩纯一左一右扶住了。

“终于承认了，看来你真是不到黄河不死心。”韩纯讥诮地看着陈晴。

“哼！”陈晴冷笑，看着已经哭得不成样子的苏南星，眼底闪过一丝仇恨。她说，“我当然要承认，早知道我承认会让苏南星这么难受，我应该一早就承认的。”

泪眼朦胧中，苏南星震惊地看着陈晴。可没想到，她却展颜轻笑，一步一步走近苏南星，直到两人之间的距离只有一臂之遥时，骤然停了下来。

“苏南星，你知道我有多讨厌你吗。”

苏南星的眼睛猛然睁大。

杜菲菲一把推开陈晴，大吼道：“陈晴，你够了！”

“哈哈哈！”陈晴被推得撞在柜门上。她突然状若癫狂般大笑起来，指着苏南星讽刺地说，“高中的时候，你知道大家在背后都怎么叫你吗？苏大小姐，成天埋在奢侈品里，连看一眼我穿的淘宝款式都嫌脏了眼睛的苏大小姐，稍不顺心就大发脾气，从来不管别人什么感受的苏大小姐。你的外号可是‘山寨希尔顿’呢！怎么？你不知道？你当然不知道，因为这些称谓，都是我散布出去的！”

“陈晴，你疯了！”杜菲菲眼看着苏南星哭得快要背过气去了，上前一步护在她面前，大声喝道。

陈晴瞟了她一眼，缓缓收住了笑容。

“苏南星，你知道你自己有多讨人厌吗？我是高中班长，每一次班级活动，最不服管教的那个就是你，因为你，害我被老师骂，被班上同学嘲讽无能。你以为我真的想跟你做朋友吗？要不是为了哄着你，让你乖乖听话，我怎么都不会主动接近你的。”

“这些年，你口口声声说把我当朋友。实际上呢？只要你大小姐脾气一来，跟在后面收拾残局的就是我。你心情好了要去逛街，心情不好就爽约，我呢？我是你的一条狗吗？你懒你忙你无聊，我就得给你拿快递带饭陪聊，我早就受够你了！”

“小，小晴……”苏南星听到这些，难以置信地捂住嘴。她哭着，“我不知道、我不知道你会那么不开心……你，你可以说的啊！”

“我说？”陈晴冷笑起来，“我怎么说？说你太任性了？你自己不知道自己的性格吗？你听过别人的劝吗？稍不顺心你就跟我发脾气，当众让我难堪的事全都是你做出来的！”

“不会啊！你知道的！你的话我都听的，你不说，你不说……我不知道啊！”

说到最后，苏南星就只剩下号啕大哭了。她从小到大，并没有多少朋友。后来陈晴主动接近她，愿意和她做好朋友，这才让她觉得朋友或许就是如此。也从没有因此而认为自己的个性有什么问题，甚至觉得陈晴就应该和家人一样，宠着自己，亲密无间。

但其实，即使是最好的朋友，也应该互相尊重彼此，保持一定的距离。

“小晴，你不要这样好不好？”苏南星像个孩子一样大哭着，“你抄我的小说，我不跟你计较了，你不要这样好不好？呜呜……”

“不好！”陈晴毫不留情地拒绝了苏南星。她眼底流淌着发泄的快意，“我受够你了，现在我可真开心啊，看到你这么声泪俱下的样子，我可真是太爽了！”

“小晴……”

“陈晴，你走吧。”突然间，韩纯冰冷的声音响起，“你的东西已经收拾好了吧？你走吧，别再回这里了，我们不欢迎你。”

说着，她上前把陈晴的行李扔到寝室外。

“韩纯！”陈晴受到侮辱一般大叫！

“你还知道自己有感情呢？”韩纯看她这个样子，不由得一声讥笑，“我扔你东西你就觉得没面子了，你这么对南星就心安理得了？”

她居高临下地看着陈晴：“我祝你以后每晚都能睡得着觉。”

“等南星冷静下来，我们会劝她给你发律师函的。”杜菲菲扶着南星，冷冷地看着陈晴道。

“你……你们！”陈晴气得浑身发抖。

“还不滚，等着我们叫人来打你吗？”韩纯厉声一喝。

陈晴吓得一哆嗦，色厉内荏地喊了一声“你们等着”，就灰溜溜地提着行李走了。

“浑蛋。”韩纯啐了一声。

“呜……为什么？为什么呀……”陈晴虽然走了，可是苏南星却还是很伤心。她哭倒在杜菲菲怀里。

“南星，你别哭了。”杜菲菲努力扶起苏南星，让她看着自己，“这种人，不值得为她哭，她早就不把你当朋友了。”

“可我还是觉得很难受！呜……”

待杜菲菲还要劝时，苏南星却猛地推开她，哭着往外面跑了。

“南星！”杜菲菲连忙要去追，却被韩纯拉住了。

“小纯你拉着我干什么？这么晚了，南星出去很危险的！”她甩开韩纯的手，着急地说。

“你个傻丫头。”韩纯白了杜菲菲一眼，把她拉到阳台上，指着楼下绿荫处道，“护花使者早就到位了，还要你献殷勤。”

杜菲菲往楼下看去，就看到此时苏南星正被华铭搂在怀里。树荫里透露的月光下，华铭脸上满是心疼。

“不要以为自己是全世界的救星嘛，我的小菲菲。”韩纯拍了拍杜菲菲的肩膀，打了个呵欠，就去睡觉了。

然而，杜菲菲却久久没有离开，她站在阳台上，出神地看着楼下华铭和苏南星抱在一起的身影，之前和乐西寺的争吵又浮上心头。

“这个世界并不是只有黑白两种颜色！我们找到了陈晴就是那个抄袭者的证据。但唯一有资格决定要不要惩罚她的，只有苏南星一个人！就算你父亲深深地伤害了你的家庭，你要一辈子恨他也好，但你却没有资格代替你母亲做决定。你难道没有发现过，从头到尾，你一直都没有好好坐下来听听你妈妈说的那些话吗？她想原谅，可是你却深陷在过去的伤痛里无法自拔，憎恨只能让人活得很痛苦！”

男生带着怒意的声音回响在耳边。

“不要以为自己是全世界的救星嘛。”

韩纯半真半假的调侃话语还言犹在耳。

真的是自己错了吗？

杜菲菲眼底浮上一层迷惑，可是小时候的伤痛还那么明显，只要回忆，杜菲菲就能清晰地感受到当时和妈妈在昏暗的房间里痛哭的悲伤。

明明是父亲做错了，她坚持正义，又有什么不对呢？

第七章

秋季的心事

1

这段时间陈晴回来过几次，但每一次都会避开杜菲菲她们3个。她留在宿舍里的东西也只不过短短三天，就被搬空了。

苏南星看着陈晴已经变得空空如也的床位，总会流露出悲伤的神情。

这两天，杜菲菲没有去乐西寺的工作室。他打电话过来杜菲菲也没有接。因为上次的争吵，她刻意和乐西寺保持距离，她觉得自己需要时间想清楚，自己看待这个世界的方式是不是真的有问题。

这天，杜菲菲正在用韩纯的电脑找工作，就接到了苏南星的电话，她仿佛又恢复了活力，在电话里兴致勃勃地大叫："菲菲！叫上小纯，我们去一醉方休！"

杜菲菲还有些反应不过来，对方就干脆利落地挂断了电话，随后用短信发过来一个地址。

"发疯了吗……"杜菲菲嘟囔着，但也还是给韩纯打了个电话，也把苏南星给的地址发了过去。

中午时分，杜菲菲和韩纯来到餐馆就看到苏南星一改平时的精致打扮，随意地穿了一袭白色长裙，娴静地站在门口冲她们招手。

“南星，你这是怎么了？”韩纯上上下下地打量苏南星，惊讶道，“你平时可是走的小公主风啊。就你这长相，分分钟在S大登上公主宝座的人，怎么突然改走文艺风了？”

“是呀，南星，你怎么了……”杜菲菲说着，神色紧张地伸手要去摸苏南星的额头。

“没有啦。”苏南星“啪”地一下拍开杜菲菲的手，娇嗔地说，“我只不过想通了而已。”

看着对面两人不解的神情，她叹了一口气：“以前，我喜欢写小说，但这只是我埋藏在心底的一个秘密，我怕说出来会被人笑话，所以小心翼翼掩藏着，生怕别人知道。后来认识了小晴。一次我在写稿子的时候被她看到，我和她说了自己的梦想，没想到，她竟然很支持，还说希望以后能看到我写的书。那个时候我太感动了，但即使这样，成为畅销书作家这个梦想，我也还是没有公之于众的打算。”

“到了大学……”苏南星看了杜菲菲和韩纯一眼，“认识了你们，我没有刻意隐瞒，虽然你们没有问，但是我心里还是很忐忑，担心你们会不会因此而嘲笑我……”苏南星沉默了一下，显然是想到了之前在寝室里发生的那一幕，她眼神微微黯淡了一些，“没想到，从头到尾一直在嘲笑我的，是我身边最亲密的人……”

“也就是从那天开始，我才明白，就算我再怎么掩饰，又怎么样呢？

我这么小心翼翼地保护着自己的梦想，到头来，连一个证明自己的机会都没有，那些手稿，没有电脑文档，没有存档时间，没有发消息记录，就算真的上了法庭，仅仅凭这些就能是我的作品吗？”

“现在，我就是要向所有人都表明，我喜欢文学，我就是一个文艺到死的人。所有我写的东西，都不能由任何人从我这里夺走，我要好好保护我的梦想！”

杜菲菲和韩纯一时间怔住了，她们从来不知道，苏南星这样一个娇滴滴的千金大小姐，会有这么强悍的一面。

杜菲菲呆呆地看着如今文艺复古装扮的苏南星，女生原本姿容秀丽，如今这样长裙曳地直发披肩，有如出水芙蓉清新脱俗，因为无所畏惧，所以一直深埋着的书卷气也若有若无地散发出来，让她整个人看起来微微发光，气质自华。

这个时候的苏南星，很好看，好看到让人移不开眼睛……诚实面对那个内心深处最真实的自己，并且坦然接受，就是这个样子吗？

那自己呢？

杜菲菲最真实的样子是什么样的？

“是啦你最厉害啦！”韩纯比杜菲菲更快地从震惊中恢复过来，她含笑看着苏南星，“恭喜你终于找到自我啦，不过还有一件事……”

“我说……”韩纯的眼神转为八卦，“那个华铭是什么人，嗯？老实交代！”

“啊！”没料到她有这么一问，苏南星的面色顿时一红，一把捂住了脸，变回了那个喜欢撒娇的小女生，“讨厌啦，不要问人家这么害羞的问题。”

“那天晚上你没回来，我和菲菲可都看到了。说！”韩纯一把拽住她的胳膊，嘴角却全是坏坏的笑意，“你们去干什么坏事了？”

说着，她还推了推杜菲菲，沉浸在自己思绪里的杜菲菲愣愣地回过神来，就看到苏南星满面通红，一副娇羞的模样。

“对……对呀，你准备怎么处置陈晴。”她一时没有反应，下意识地问。

突然间岔到这个话题，欢乐的气氛陡然直下，韩纯和苏南星的面色都沉寂了下来。

“菲菲啊……”韩纯小心地看了苏南星一眼，凑过来拉着杜菲菲的手，颇有些无奈，“你还真是哪壶不开提哪壶……”

“啊？”杜菲菲明显听不懂韩纯的话，一双大眼睛扑闪扑闪地看着她。

“算了。”苏南星低低的声音响起。

“南星……”韩纯闻言转过身去，关切地看着苏南星，“你要是难受，就别说了。”

“我没事。”苏南星冲她轻轻一笑，接着看着杜菲菲，“菲菲，你说得对，我要惩罚陈晴。”

说到最后这句，苏南星像是下了某种决心一般，有种壮士断腕的气势。

“好。”杜菲菲也被她这股气势鼓舞了，她突然像是想起了什么似的，从背包里拿出手机。在苏南星和韩纯震惊的目光下，点开了上面的播放键——

“是，是我做的，无垠萱草是我，抄你小说的是我，把稿子发表到网上的也是我。”

陈晴夹杂着恨意的声音，就这么从杜菲菲的手机里传了出来。

“这是我那天录的陈晴的供词，只要你拿着这个去起诉……”杜菲菲认真地看着她们，一板一眼地说，“根据著作权法第46条，陈晴侵犯了你的著作权，你可以要求她进行赔偿或是公开道歉。”

“菲菲……”苏南星听着录音里陈晴对自己宣泄的恨意，脸色有些为难。

“南星，我知道你心软，但是陈晴这种做法就是触犯了法律。这种时候，你应该站出来维护自己的权益。”

“我知道……”苏南星咬了咬嘴唇，最后还是冲她抱歉地摇了摇头，“可是菲菲，我不打算这么做……”

2

“为什么呀？”杜菲菲显然不接受，她大叫道，“她做错了事就应该受到惩罚，应该诉诸法律去制裁她！”

“她已经受到惩罚了。”苏南星的声音有些压抑，但目光却很平静，“我说的惩罚，就是和她绝交。”

“南星……”杜菲菲一下子愣在了原地，不能接受地抬头看她。

“是真的。”苏南星抬起头来看着杜菲菲，像是回忆起了那晚的事情，眼底闪过一抹伤痛，“小晴说的……很对，我平时确实不太注意在乎别人的情绪，这件事，我们双方都有错。而且……”苏南星顿了顿，像是想到了什么美好的事，“虽然她说从来没有把我当朋友，但是，她陪伴了我从15岁到19岁。这几年，是我对梦想最坚持也最彷徨的4年，如果不是她一直在旁边鼓励我，我想，我早就放弃了吧……”

“我还记得，高二的时候我写了一篇短篇小说。当时投了好几家杂志社都被退稿。我沮丧大哭的时候，还是小晴帮我投去了当时一家不算出名但是信誉还不错的杂志社，结果把我的小说发表了。”

“看一个人，不能因为现在她做了错事就全盘否定。毕竟，她也曾给我带来过美好的回忆呀，这些，是没办法抹掉的。”

苏南星微笑着，眼底星星闪烁。

她是真的原谅了陈晴吧……杜菲菲怔怔地看着苏南星。

不能因为一件事，就全盘否定一个人……

真的是这样吗？

“可是，陈晴对你做了那么过分的事啊。”杜菲菲仍是不解，“就算你们曾经有过美好的回忆，也无法弥补她这次对你造成的伤害吧？”

“伤害是互相的。”苏南星此时仿佛一位智者，“小晴伤害了我，难道她自己就没有受伤吗？我们全寝室的人都孤立了她，这次她的东西是抄的，编辑那里也不好交差，违约金也够她负担的了。而且，这件事会成为她这辈子的烙印，我们都不会忘的。”

“这件事，即使我不去告她，她也会自食苦果。这样，就够了。”

苏南星的话回荡在耳边，杜菲菲的眼神又开始发起愣来。

如果是这样的话，是不是也代表着，父亲当年，其实也受到所谓的“伤害”了呢？他那么残忍地抛弃了她和妈妈，但其实，他也并不算一个十恶不赦的大坏蛋吧？

“爸爸，这是什么呀？”恍惚里，杜菲菲像是回到了自己5岁的时候，她和爸爸妈妈一起去游乐园玩。爸爸参加活动赢了一个小玩具，杜菲菲睁大眼睛好奇地看着那个漂亮的小盒子，问道。

“这个啊，叫时光记忆盒。”杜伟峰看着自家女儿扑闪扑闪的大眼睛，不由得爱怜地亲了亲她的小脸蛋，笑道。

“时光记忆是干什么的呀？”杜菲菲咬着小手指不懂道。

“时光记忆呢，就是爸爸现在把菲菲和我的记忆放在这个小盒子里，等很多年以后打开来看的时候呢，这些记忆都还在。”杜伟峰抱着杜菲菲道。

“哇！”小菲菲的眼睛都睁大了，拍手道，“爸爸爸爸，那我们怎么把记忆放进去呀？”

杜伟峰皱了皱眉，随即展颜道：“这样吧！我和菲菲把这个小盒子埋起来，等到很多年以后，我们再把它挖出来，看记忆还在不在，好不好呀？”

小菲菲第一次听到这样的玩法，高兴得一蹦三尺高。

很快他们就找到了一个地方，是在游乐场附近的树丛里。爸爸和小菲菲宝贝地拿出那个雕刻着复古花纹的小木盒。

“爸爸，我们的记忆都被放进去了吗？”小菲菲瞪大眼睛，好奇又紧张地看着那小木盒。

“放，放进去了吧……”杜爸爸也很紧张，仿佛此时他手上捧着的不是一个小木盒，而是沉甸甸的生命一般。

“那、那我们把它放进去吧。”小菲菲走到那个之前被他们挖出来的坑前，郑重地说道。

“嗯！”杜伟峰狠狠点头，双手捧着小木盒，一步一步地挪到了那个坑前。

“这可是……收藏了我和菲菲记忆的盒子啊。”杜伟峰紧张又郑重地说。

“嗯！”小菲菲也重重点头，“是我和爸爸最美好的时光记忆！”

父女二人对视一眼，然后重重点头，杜伟峰把小木盒放在了土坑里，埋好后，小菲菲张着满是泥土的小手，在阳光下笑得娇俏可爱。

“爸爸，等我长大以后，我们就来挖它！”

“好，等我们家小菲菲长大，爸爸就和你一起来挖它。”

“要看美好的时光记忆呢。”

“对呀，小菲菲的美好记忆。”

“不是，是我和爸爸的。”

“还有妈妈的。”

“我们一家人的……”

夕阳西下，杜菲菲的小脑袋在父亲宽阔的肩膀上一点一点，后来渐渐贴在爸爸的肩膀上睡着了，嘴角还流淌着甜蜜的口水。

记忆纷至沓来，杜菲菲一直以来坚硬着的心好像被什么东西松动。时光里的那些温暖和窝心一点点复苏。

原来她和爸爸也有这么美好的回忆，原来他们家也有这么幸福的时候，眼眶微微有些湿润。杜菲菲坐在初秋的餐厅里，一瞬间，忽然恍惚不知自己身在何处。

3

“哎，哎哎！”韩纯摇了摇杜菲菲。她喊道：“怎么了？回神了，说好了一起喝酒呢？”

杜菲菲回过神来，才发现对面的南星不知道什么时候已经喝得满脸绯红，醉眼朦胧了，她大惊：“小纯，你们怎么喝了这么多酒啊？”

韩纯翻了个白眼说：“你才知道，刚刚我怎么阻止都没用。你听南星说自己不在乎呢，一口气可是灌了好几瓶啤酒。”

杜菲菲看去，只见苏南星拿着筷子在空中点点点：“我告诉你陈晴，我可不是那么好欺负的，哼哼……”

说着说着，她忽然又哭了起来：“呜呜……我还是好伤心啊，我就你这么一个朋友啊……”

说到兴起，苏南星站起来脚踩在椅子上，向前挥手：“我就是未来的言情小天后！畅销书神话！”

趁着老板没有发飙，韩纯和杜菲菲赶紧站起身来，把她从椅子上拉下来。

“怎么办啊？她醉成这个样子。”杜菲菲抱着苏南星。

“回宿舍啊，不然还能怎样？”韩纯没好气地招手道，“买单！”

“我不要回宿舍！”听到韩纯说回学校的话，原本醉倒在杜菲菲怀里的苏南星突然闹腾起来，“我不回去我不回去！就不回去！”

杜菲菲费了好大的劲儿才把苏南星重新抱住，不由得发起愁来：“她不回宿舍，怎么办啊？”

“别老问我怎么办啊……”韩纯也一副烦躁无奈的表情，“既然不回宿舍，那我们就送她回家，走。”

杜菲菲点点头，扛起苏南星就要往外走，可是这时她的手机却响了，杜菲菲艰难地拿出手机，脸色一下子变得凝重起来。

“谁呀？”韩纯凑过来，等她看到屏幕上的那3个字的时候，她看了杜菲菲一眼，顺手把苏南星从她身上接过来，不由分说地说，“你接电话，我送南星。”

说着不等杜菲菲反应过来，韩纯就带着苏南星走出了饭店，伸手拦了一辆出租车。

现在已经是傍晚时分，天空中的云朵都被渲染成玫瑰般的色彩。韩纯的车绝尘而去，杜菲菲站在餐厅门口，盯着手机屏幕上跳动的那3个字出神。

乐西寺。

在杜菲菲刻意冷落了他的一个星期后，他再一次打电话过来了……一般的男生，应该早就生气了，不想再理会自己了吧？

深呼吸一口气，杜菲菲接听了电话：“喂？”

“菲菲……”好几天没有听到他的声音，乐西寺的嗓音仿佛哑了一些，没有了平常的清朗，让她的心中一酸。

“菲菲，你好吗？”乐西寺沙哑着声音问道。

“我……”杜菲菲想说我很好，但其实这几天以来她一直都辗转难眠。为了那次莫名其妙的争吵，也为了自己模糊不清的心意，把原本到嘴边儿的话又给咽了下去，只剩下默默无言。

“菲菲……”仿佛察觉到女生的情绪，乐西寺叹了一口气，低声道，“我们见面吧，就现在，可以吗？”

“我已经睡了！”忽然之间，杜菲菲突然冒出一句，声音之大，连她自己也吓了一跳。

“嗯？”乐西寺有些诧异。

正在这个时候，一辆货车从杜菲菲身边开过，司机猛地按起喇叭。杜菲菲吓得一下子就挂掉了手机，生怕乐西寺知道自己在撒谎。

不知道为什么，现在自己就是不想见他。

在还没想清楚之前，杜菲菲都不愿意去面对这些让她头脑发蒙的东西，坚持了多年的原则和理念，恨了10年的人，一直用那股正义感支撑着的自己，现在要突然之间改变，她接受不了，也无法面对。

“对不起，乐西寺，我们还是冷静一段时间吧……”

她强行忽略掉心头的失落，喃喃自语地转过身，可没想到的是，自己才刚刚准备离开，却忽然看到马路对面出现了一个人影。

初秋时分，日暮将临，淡薄的夕阳里，白衬衫的男生站在干净的街道上，梧桐树落下树叶，美成了一幅画。

杜菲菲怔怔地站在原地，难以置信地看着对面的人。乐西寺保持着刚才握住手机的姿势，那双黑琉璃般的眼睛凝视着她，里面炙热的感情仿佛要溢出来了。

杜菲菲心里一惊，刚想要转过视线装作没看到，却见他居然迈开长腿，大步流星地朝她走来，杜菲菲顿时惊出一身冷汗，正好在这时，一辆回学校的公车停在了她面前，于是她脑子一热，就要往上跳。

忽然之间，身后一股巨大的力量把自己拉下了公车。在全车人讶异目光的见证下，杜菲菲只是喊了一声“啊”。

“乐西寺，你是不是有病啊？”杜菲菲恼羞成怒地转过身，准备发脾气。

忽然，乐西寺那双强健有力的手紧紧地抱住了她。把杜菲菲的鼻子撞疼了。同时杜菲菲也听到男生沉稳的心跳声。“腾”的一下，她的脸颊烧红了。

“你……你想干吗？”

杜菲菲的头顶被男生的下巴抵着。杜菲菲想要动，却被男生双臂死死地抱住。

“我好想你。”乐西寺低沉沙哑的声音传来，带着一丝悲伤。

杜菲菲一下子静下来了。她呆呆地依偎在乐西寺怀里，感受着他少有的忧郁。一瞬间，心中的不甘与愤怒都似乎平息了下来。

“对不起！菲菲……”轻轻地，乐西寺的声音传来，“这几天，我反复在想着那天对你说过的话……我不是你，我没有经历过你受的苦，你因为曾经受过伤害，所以才会那么伤心、愤怒、委屈。对不起菲菲，我错了，你原谅我好吗？。”

杜菲菲听到男生道歉，也不知怎么回事，心中坚固的堡垒似乎崩塌了一般。她突然觉得很委屈，眼眶也不由得湿润了。

其实，她早就想明白了……乐西寺那天的话没错，别人的人生，并不需要自己去插手。在别人面临抉择的时候，她是不能代替别人去做决定的。

不管是南星，还是……

妈妈。

想到自己对妈妈那疾言厉色的样子，杜菲菲心底就泛起一抹悔恨……直到现在，妈妈也还是深爱着爸爸的吧？

4

“和白东篱的模拟赛，我输了。”在杜菲菲思绪千回百转的时候，乐西寺突然说出了这句话。

“怎么会？”杜菲菲一阵惊呼，想要挣脱乐西寺的桎梏，却被男生压住了：“不要现在看我，等一会儿，等我说完……”

男生的语气含着乞求，杜菲菲渐渐停止了挣扎，乖乖地任由乐西寺抱着。

“那天惹你生气之后，我一直想找你道歉，但你却不接电话，微信也不回，就算我去女生宿舍找你，你也总是不在，所以模拟赛那天，我也完全没有心思比赛……”

杜菲菲一阵黯然，她低下头，小声说：“对不起……”

“这不是你的错！”乐西寺摸摸她的头，“比赛虽然重要，但还有机会，可是如果你消失不见了，我……我也被自己吓了一跳，没想到自己会这么喜欢你……”

像是被什么东西轻轻击中了内心最柔软的地方，杜菲菲的心脏猛地跳动起来，那股甜蜜又酸涩的感情在胸腔一丝丝蔓延，让人仿佛置身于云端，晕乎乎的，分不清方向。

“一开始，我只是觉得你很有趣，想要逗一逗你……”乐西寺顿了顿，轻轻抚摸着杜菲菲红彤彤的脸颊，“可是越和你待久了，我就越觉得你可爱，你说话的样子，元气满满送外卖的样子，在工地认真努力工作的样子，还有你那爆棚的正义感……世界上怎么会有你这样的女生，就连你的倔强，也能深深打动我。”

“菲菲，不要再生我的气了。”乐西寺轻轻在她的额头落下一吻，眼底满是爱意和宠溺，“我很后悔。”

“乐西寺……”杜菲菲的心底好像有暖流在涌动，她咬了咬嘴唇，“对不起……其实，那天和你吵架以后，我也想了很多……”

两个人手拉着手，在路边的白色长椅上坐下。杜菲菲看着夜幕降临后马路上来来往往的车辆，微微出神。

“其实那天回到宿舍，我和小纯就揭穿了陈晴。为了让南星以后能去法院告她，我还特地录了音……”杜菲菲苦笑了一下，“然而，南星却说即使陈晴伤害了她，她也不会去报复陈晴，反而选择了原谅。也就是在这个时候，我才慢慢明白，其实你说的没错，这个世界并不是只有黑白两种颜色，想要用自己一个人的力量去对抗这个世界的所有不公正，觉得自己是拯救世界的伟人……我实在是太愚蠢了……”

乐西寺轻轻搂住她的肩膀，柔声地说：“不，这不是愚蠢，菲菲，其实你的梦想很远大，没有必要因为别人而否定自己。”

杜菲菲摇了摇头，目光重新变得坚定起来：“不，我并没有否定自己！我还是要做大律师，就算靠我一个人的力量不能改变世界，但还是可以帮助那些正在忍受痛苦，遭遇不公的人们！只是与此同时，我还要学会怜悯与尊重，尊重每一份曾经真挚的感情……”

乐西寺微微一怔，漂亮的瞳仁里流露出赞赏。他说："菲菲，你真的很可爱！"

"什……什么啊……"这种直白的称赞，还是让杜菲菲有些不习惯，她涨红着脸，"我又不是不讲理的人！"

"那你挂断我电话，不理我。"

"……"

"还撒谎说自己已经休息了。"

"……"

"冷落我，逃避我，伤害我……"

"喂！我可没有伤害你！"

杜菲菲实在忍不下去了，"砰"地一个栗暴，弹了弹正在胡说八道的乐西寺的额头。

乐西寺一怔，正要继续开玩笑控诉她的暴力，忽然之间，她却凑了过来，蜻蜓点水一般在他的唇上亲了一下。

温暖的触感，带着丝丝甜香，让乐西寺一瞬间怔住了，杜菲菲满脸通红地搓着衣角，扭扭捏捏地说："这是赔偿。"

乐西寺微微一笑，乌黑的眉毛舒展开来。

这时，不知道是谁在路边咳嗽一声。

杜菲菲回过神来，才发现长椅附近正好是公交车站。这里已经聚集了很多人了！

杜菲菲窘迫极了。她赶紧转身就走，还不忘狠狠地瞪了乐西寺一眼：

“都怪你！”

“等等我！”乐西寺摸了摸鼻子，无奈地跟了上去。

第八章

全力备战

1

China idol电竞大赛开赛的日期临近了。“2S工作室”的每一个人，都陷入了不分日夜的疯狂练习中。

“啊！我不干了！”大龄男青年苏昭一脸胡子渣，往后一瘫，倒在工作椅里。他一脸疲惫地盯着电脑屏幕。

“苏老师，您怎么了？”杜菲菲正在一旁打扫桌子，听到身边的动静，转过头就看到这一幕。

“还能怎么……”苏昭一声长叹，生无可恋地说，“乐西寺这个魔鬼，每天逼着我和他对战，就算是搭档，也不能这么卖苦力啊！”

正在这时，他身后响起一道冰冷的声线：“小昭，今天的练习赛有三百次，你才打了一半呢。”

苏昭一瞬间呆若木鸡。

他艰难地转过头，就看到乐西寺黑着脸站在他和杜菲菲身后，顿时只能郁闷地站起身来，支支吾吾地说：“肚子饿了，我去厨房找点东西吃。”

说完，他就脚底抹油——逃跑了。

“你们每天练习强度真的很大吗？老师好像很辛苦的样子。”杜菲菲担忧地看着苏昭离开的身影。

“别理他。”乐西寺在杜菲菲身侧坐下，拉着她走到电脑前，“最近听说你也开始玩电竞，怎么样，喜欢吗？”

“嗯！”杜菲菲吐吐舌头，目光闪闪发亮，“很有意思呢！原来电竞游戏不止是打发时间。那些战术研究，也是很能开发智力的！”

乐西寺轻轻一笑：“等比赛结束了，我教你怎么变得更厉害。”

“嗯！”杜菲菲重重点头，两人在一起腻歪了一阵之后，她突然像是想起了什么，“对了，待会儿和我一起出去，南星说要请我们吃饭。”

经历了抄袭事件后，除了上课，杜菲菲她们基本就没有什么机会再见到陈晴了。苏南星也因为这件事而完全摆脱了束缚。就像她上次说的那样，全心全意开始写小说，丝毫不避讳别人的目光。而更值得一提的是，本来就在追求苏南星的华铭，也因为在大小姐失意的时候温柔体贴，已经成功入驻苏南星的心房，正式晋升为正牌男友。

韩纯还神秘兮兮地告诉杜菲菲：“原来，华铭早就知道南星在写小说，而且一开始是因为把他当小说素材，才和他交往，不过这家伙太狡猾了，居然将计就计，最后一举将南星拿下……果然不愧是白东篱的搭档！”

杜菲菲听得一愣一愣的，没想到华铭竟然这么厉害，果然电竞大神的脑子不是一般人可以比的。

“可是……”一听到是苏南星请吃饭，乐西寺就露出一脸见鬼的表情，“那家伙，不是又在写什么小说吧……”

“哎呀，没什么好怕的啦。”杜菲菲满不在乎地摆手，“南星都有华铭了，他长得也很帅，而且比你更温柔更体贴，南星不会再找你了。”

乐西寺：“我有那么差吗？”

他们两人到达餐厅的时候，苏南星他们早就把菜都点好了，华铭坐在她身边，简直是二十四孝好男友。一会儿给她倒饮料，一会儿给她夹菜，两人之间的甜蜜气息快要溢出来了。而乐西寺也差不多，似乎要卯足劲和华铭比一比，先是绅士地替杜菲菲拉开椅子，然后还细心地帮她擦了擦碗筷。

一旁的韩纯受不了了，黑着一张脸：“你们到底是来吃饭的还是秀恩爱的？我还没吃几口呢，就被你们腻歪死啦！”

“小纯……”杜菲菲眨眨眼睛，歉意地看着韩纯。

“不好意思啊……”苏南星咽下一口肉，脸蛋红红的。

“哼……就知道欺负我这个孤家寡人，单身就活该被歧视吗……”韩纯气哼哼地拿起筷子，使劲戳自己的碗。

“马上就快不是了。”华铭的声音幽幽传来。

“为什么啊？”苏南星一脸八卦。

华铭瞟了被噎住的韩纯一眼，露出一抹微笑：“因为……有人在追她。”

杜菲菲和乐西寺对视一眼，白东篱对韩纯的好感太明显了。华铭这么一说，他们马上就想到了他，于是不约而同地露出心领神会的笑容。

“喂，你们到底在说什么啊？为什么我一个字也听不懂？小纯，你要交男朋友了吗？”苏南星眼巴巴地看着韩纯。

“我……”韩纯刚刚说了一个字，就看到乐西寺三人的眼风齐齐扫来，脑子里又出现了白东篱那双会说话的眼睛，瞬间羞红了脸，低下头去，“你们不要取笑我了……”

一顿饭吃得粉红泡泡冒上了天。饭后，乐西寺和华铭双双回到了自己的工作室，韩纯有一场商演，苏南星则是要去一趟图书馆，所以最后就只剩下了杜菲菲一个人回宿舍。

“菲菲，记得把宿舍打扫一下，我们宿舍也只有你是家务小能手，我和南星，完全没指望。”临走前，韩纯拍了拍杜菲菲的肩膀。

“下次请我吃饭！”杜菲菲白了她一眼，却还是答应了下来。

跟大家分开后，杜菲菲哼着小曲往宿舍走去。她其实很感激这一段时间以来经历的点点滴滴，尤其是认识了乐西寺，还和韩纯和苏南星成为了好朋友。

在她过去的18年人生里，这些温暖和感动，是她想都不敢想的事，所以她一定会好好珍惜和呵护这些来之不易的感情。

2

很快杜菲菲就到了宿舍。正要进宿舍门，却被宿管阿姨的大嗓门叫住了。

“杜菲菲！杜菲菲！”

杜菲菲疑惑地转过头，宿管阿姨冲她招招手，指了指一楼传达室的窗户：“有个人找你，说是你爸爸。可你当时宿舍信息登记的时候不是说没有爸爸，是单亲家庭的孩子吗？所以我就先把人给留下了，你看看吧。”

杜菲菲的心中一震，下意识地抬起头，就看到杜伟峰在传达室里看着自己，他的脸上露出讨好的笑容，身边是大大小小的包装袋，里面塞满了零食。更奇怪的是，他怀里还抱着个巨大的毛绒熊。

不知道为什么，他的脸色很差，比起上次似乎老了10多岁，整个人都瘦了一大圈。

“我不认识这个人。”杜菲菲的好心情荡然无存，冷着脸跟宿管阿姨说了这句，就转身朝楼上走去。

“菲菲！菲菲！”

可是才走没两步，就听到身后杜伟峰在大叫自己的名字，还有宿管阿姨的惊呼声——

“我说你，人家都说不认识你了，你怎么回事啊！再往前走我可叫保安了啊！你给我站住！站住！”

说着，宿管阿姨真的打起了电话：“喂！保安部吗？快来，这里有人要硬闯女生宿舍！”

直到这时，杜菲菲的脚步才停下，她转过身，看到杜伟峰被宿管阿姨肥胖的身躯拦住。虽然无法往前走一步，但上半身却前倾得厉害，一双眼睛带着哀求地看着杜菲菲。

杜菲菲沉默良久，眼前不由自主地浮现出多年前那个掩埋美好时光记忆的夏日，她叹了一口气，还是忍不住开口：“阿姨，别拦着了，我认识他，他是……”

她深呼吸了好几口气，才艰难地说：“是我父亲。”

宿管阿姨这下就不爽了，连说了杜菲菲好几个“不懂事”，等他们一起上楼了，她还在絮絮叨叨的，不满到了极点。

听见女儿终于承认了自己的身份，杜伟峰很是开心。他提着东西跟在杜菲菲身边，清瘦的脸上笑得像是开了花。

“菲菲，你看，这是爸爸给你买的零食，喜欢吗？”

“嗯。”杜菲菲淡淡地回应了一声。

杜伟峰听到自家女儿有回应，精神顿时一震：“菲菲，你妈告诉我你考上了S大，我还不相信。没想到我女儿真的这么有出息，居然在全国知名学府上学，菲菲，爸爸真为你感到骄傲。”

不一会儿，他们就到了杜菲菲的宿舍门口。杜伟峰喜滋滋地要跟着杜菲菲一起进去，却见杜菲菲停住了转动钥匙的手。

“你走吧。”杜菲菲手放在门把手上，声音低低的，“刚才我是不想你在楼下难堪，现在你也见到我了。这些东西还请你拿走，我不需要。”

“菲菲……”杜伟峰惊讶地看着她。

“我不需要你来讨好我。”杜菲菲深吸一口气，“我已经长大了，那些棒棒糖，泡泡卷，还有毛绒玩具熊……那都是我小时候才会喜欢的东西，去年10月我就满了18岁了，你缺席了我生命这么多年。不要妄图用这些来弥补我失去的父爱，我不会接受的。”

“菲菲……你……”杜伟峰的声音带上了一丝颤抖。

“我早就说过，即使在法律上你是我的父亲，但是我心里从来没有承认过你。至于妈妈，从今以后我不会干涉她要不要原谅你。但是我，我是不会原谅你的。”

“菲菲，你听爸爸说……”

“不用说了，我不想听，你走吧。”杜菲菲抬头飞快地看了杜伟峰一眼，然后打开门很快进去，把杜伟峰关在了门外。

“菲菲……”杜菲菲背靠门站着，杜伟峰的声音隔着门传进来。他仿佛是站了一会儿，杜菲菲就听到外面悉悉索索的声音，“爸爸真的对不起你，也对不起你妈妈，希望以后你会明白，爸爸是真的想和你们在一起。”

杜菲菲一阵心酸，但她还是硬着心肠坚持下去。等到外面完全没有动静了，杜菲菲这才打开门。

之前杜伟峰买的那些东西，全都放在了门外，杜菲菲蹲下身来，把东西提起来，却看到玩具熊的脖子下有一张明信片——

致：我最亲爱的女儿

爸爸没有在你最需要的时候陪伴在你身边，这是你从8岁到18岁爸爸欠你的所有礼物。爸爸不奢求你原谅我，只希望我们可以做一对平常的父女，给你一个温暖的家。

永远爱你的父亲

“吧嗒”，一滴眼泪掉在明信片上，模糊了上面的字迹。

杜菲菲没料到自己会因为杜伟峰这短短几行字就溃不成军，她蹲在宿舍门口，拿着明信片，把袋子里的东西一件件翻出来。

8岁，菲菲最爱吃的巧克力口味棒棒糖。

9岁，看到很多小朋友喜欢吃的泡泡卷。

10岁，应该有一些小玩具了，这个芭比娃娃菲菲会喜欢吗？

11岁……

……

18岁，一个人住在宿舍的菲菲，需要玩具熊带来安全感，还有小女孩的公主梦。

都是很平凡的东西，杜菲菲甚至还从袋子里掏出了很多年前流行的MP3和小高跟凉鞋……当这些东西流行的时候，她的内心的确渴望过，但是因为家里太穷了，杜菲菲从来没有在人前表露出过对这些东西的喜爱……看着这一件件并不名贵的礼物，杜菲菲觉得自己坚硬的外壳正在被一点点腐蚀摧毁，那些用仇恨和怨恨构筑起来的高墙，似乎也在慢慢融化，有那么一瞬间，杜菲菲甚至开始怀疑自己是不是真的很过分。

“丁零零……”

正在这个时候，她的手机铃声响了起来，一个熟悉而温暖的名字在屏幕上闪现，杜菲菲轻咬着嘴唇，声音都有些颤抖地说：“乐西寺……”

听到她好像在哭泣，电话那头的乐西寺一下子急了：“菲菲？怎么了？是不是有人欺负你了？”

“没有，没事……”听着男生焦急的话语，一阵说不清道不明的委屈感涌上心头，杜菲菲她把头埋在双臂间，手举着电话，“没事……没事……”

“你等着，我马上过来。”

等不及她再解释什么，乐西寺心急火燎地挂断了电话，杜菲菲蹲在地上，心中无比想念乐西寺。她想告诉他，今天爸爸来找她了，还带了这么多东西，她想跟他说……

她好想跟妈妈一样，毫无芥蒂地去原谅他……

但是……

杜菲菲哭得不能自已，但是她清楚明白地知道，童年的裂痕仿佛一道深深的鸿沟。原谅两个字，说出来容易，真真切切做到，对她来说太难了。

到底该怎么做，杜菲菲一点儿都不知道。

乐西寺很快就到了，杜菲菲泪眼朦胧地抬头，却看到男生身边还跟着一个人，她蓦然站起身，惊愕地说。

“妈？您怎么来了？”

3

咖啡馆里播放着抒情而忧伤的钢琴曲。窗外秋意渐浓，杜菲菲捧着微热的咖啡杯，克制着身体的颤抖。

“妈……您说的，都是真的吗？”

邹萍脸上的神情也很沮丧，被杜菲菲这么一问，她仓皇地抬起头来，美丽的眼睛闪过一丝慌乱和无助。

“是……是真的。”

一瞬间，杜菲菲就像是被抽掉了所有的力气，咖啡杯就要从手里滑落下去，却被人用温暖的手握住了。

乐西寺抱住杜菲菲，幽黑的眼睛里闪过一丝心疼。他说："菲菲，要振作。"

杜菲菲摇摇头，失神地看着邹萍说："怎么会……他以前身体那么好……"

"菲菲……"她倾身过来抓住杜菲菲的手，"妈妈、妈妈也不知道……"

原来，之前乐西寺打电话来，就是想告诉杜菲菲，她的妈妈找到了自己，上一次在她家杜菲菲生气离开后，乐西寺把自己的手机号码留给了邹萍，嘱咐她有什么事可以打自己的电话。

邹萍告诉乐西寺，杜伟峰不顾她的劝阻，去学校给杜菲菲送礼物了。邹萍知道，以自己女儿的个性，肯定会拒绝杜伟峰的好意。但是他这次回来，本身就不是想要找回失去的亲情这么简单，而是因为……

他已经到了肺癌晚期。

杜菲菲还记得，当妈妈在宿舍门口告诉自己这个消息的时候，她是多么的不敢相信，在她的印象里，杜伟峰虽然做了那么多的错事，但却是一个很威武雄壮的男人，身材挺拔体魄健硕。她怎么也不会想到，刚过不惑之年的他，竟然已经肺癌晚期。

也就是说……

"他……"杜菲菲艰难开口，不愿意去面对那个可怕的事实，"他是不是没多少时间了……"

邹萍没有回答她，但却眼角带泪地点了点头。

杜菲菲丧失了浑身的力气，一下子倒在了乐西寺身上，她从来没有想到过会是这样……

“关于这个病，医生怎么说？”两个女人都受到严重的打击，完全陷入混乱中，乐西寺冷静地开口。

“菲……”邹萍刚想要哭，却看到对面的女儿眼神渐渐坚定起来，不由自主地说了实话，“你爸爸他……只有半年时间了。”

“半年？”杜菲菲瞪大眼睛，猛地坐直身子，“妈，你别骗我……”

“妈妈没有骗你，医生说了，最乐观的估计，就是半年……”

一瞬间，她的眼泪唰地流了下来。

原来是这样……因为快要死掉了，所以他才回来，所以他才那么讨好自己，所以他才想要求得她和妈妈的原谅，就因为……就因为这个人想在生命的最后一刻，至少也有人陪着！

太自私了，太自私了……

杜菲菲心里夹杂的情绪太多了，一会儿觉得自己的心痛得厉害，一会儿又渴望重新获得家庭的温暖……可是最终，她还是在乐西寺的安慰下，重新找回了理智。

“所以他才提着那么多东西，假惺惺地要我原谅他。他认为，只要他得了这个病，就可以继续使唤我们……做梦！”

“菲菲！”邹萍没想到杜菲菲情绪转换得这么快，反应这么激烈，她紧紧抓住杜菲菲的手，眼泪也下来了，“你不要误会你爸爸！这么些年，他在外面没有过过一天好日子！”

杜伟峰回来以后，终于跟邹萍开诚布公地说，当年，他为了自己的面子和追求，决绝地离杜菲菲母女俩而去，却没想到，才出去三年不到，公司就垮了。之前的“红颜知己”也离开了他，因为没有脸回去，他就想在外面闯出一片天地，再衣锦还乡，谁知道……

时代变了，原来的小公司老板竟连份像样的工作都找不到，他只得出卖苦力打了几年工，好不容易攒了点钱，打算回来找邹萍母女，却没想到在医院查出了这个病。

“你爸爸现在唯一担心的，就是你不原谅他。今天他要来，我没拦住，不过我猜，他应该是被你赶出来了……”

邹萍一边抹着眼泪，一边从包里拿出了杜伟峰的病历本。

明信片上的字迹清晰地浮现在杜菲菲眼前，回想起之前看到他的时候，父亲发黑的脸色和有些发紫的嘴唇，杜菲菲忽然开始后悔……自己是不是真的太冲动了？

“菲菲……这几次为了见见你，你爸爸他都是瞒着医生跑出来的。那天你那么说他，我就要告诉你这件事，可你爸爸不愿意，他想通过自己的努力让你接纳，而不是同情他……”

因为要赶回去照顾病人，妈妈没有多待就离开了。杜菲菲怔怔地从口袋里拿出明信片，看着上面遒劲有力的字迹，再一次流下眼泪。

“为什么啊……”豆大的眼泪，一滴滴砸在纸上，她哽咽着，“为什么我总是遇到这样的事，为什么我就不能拥有一个幸福的家？虽然我曾经诅咒过他，但我没有真的想他死啊……爸爸，爸爸……”

女生单薄的肩膀一抖一抖，在幽静的咖啡馆里哭得肝肠寸断，乐西寺的心一下就疼了。

他知道这个世界总有一些不幸是人力无法挽救的。可是当这些事情真的发生在身边，需要自己最亲爱的人去承受的时候，他发觉，自己竟然一点儿办法都没有。

乐西寺缓缓走到她身边，大手抚摸着杜菲菲的后背，轻轻地抚平她的情绪：“别怕，菲菲，你还有我呢。”

杜菲菲听到男生的声音，抬起头来，蒙眬的视线中她看到他白皙英俊的脸，他薄薄的嘴唇紧紧抿着，想来也是为了她而感到伤心难过吧。

“乐西寺，我快没有爸爸了。”她呜咽着，脸上满是泪水。

“不会的，你要相信现在医学科技的发达，也许还有奇迹会发生。”乐西寺把杜菲菲揽进怀里，安慰道。

“真的吗？”杜菲菲这个时候也知道乐西寺是安慰自己的，但是她还是忍不住去相信。

“真的。”男生的声音那么坚定有力，就好像能预见未来一般。

“乐西寺，我好希望，没有中间的这10年，我的父母，还是当年的模样，而我，也没有长大。我好希望这一切都是假的，我所经历的这一切，我和妈妈要承受的痛苦……如果可以……如果可以……我宁愿爸爸永远不回来！”

听着女生撕心裂肺的哭喊，乐西寺猛地把她从怀里拉出来。他扶着杜菲菲的肩膀，表情严肃地说：“菲菲，冷静下来，想想你的妈妈。这么多年，你还不知道她的内心有多脆弱吗？可是为了你，为了你的父亲，她坚强地站了起来，之前的那么多次，她都有机会告诉你真相，可是却没有，你知道为什么吗？就是因为她不想看到你现在这个样子，你要振作一点，我认识的那个元气满满的杜菲菲去哪里了？你相信我，这个世界总是有美好存在的！相信我，只要尽自己最大的努力，就一定会有好结果的！”

杜菲菲看着乐西寺担忧的神情，仿佛被他的话语感染了一般，眼泪渐渐收住，浑身的战栗也慢慢停了下来。

“不管这个世界怎么变化，你还有我，我还在你身边。”乐西寺叹了一口气，把杜菲菲拥入怀里，轻声道。

杜菲菲怔怔地看着窗外清辉遍洒的夜色，她好想去相信……

可是，奇迹真的存在吗？

第九章
飘满花香的谅解

1

苏南星和韩纯知道了杜菲菲家里的事后，两个人都对她表示了不同程度的关心。虽然杜菲菲从来不多说什么，但她们却都自告奋勇地包了宿舍的家务活。想要让她眉间的轻愁减少一些。

比如说，从来不知扫帚为何物的韩纯，第一次拿起了扫把和水桶，将整个宿舍打扫得干干净净！

“哇！小纯！没想到你竟然还有潜在的家庭主妇气质呢！话说我家的那个房间已经脏乱差到连我自己都受不了了，你有没有兴趣去我家参观一下呀？”苏南星眨着星星眼，双手合十地看着韩纯。

“滚蛋，你那点小九九我一猜就知道。告诉你，请我打扫卫生，至少五位数！”韩纯高傲地伸出5根手指。

“喂！你也太坑人了吧！”苏南星惊呼。

“哼哼，我可是网络大红人，这点儿出场费都是友情价，打过折的。

你就偷着乐吧。”

一旁坐着发呆的杜菲菲，也不由得从自己的情绪中走了出来，好奇地看着这两个插科打诨的室友。

“哼！小纯，你这样……我可要公布你的大八卦了哦！”苏南星不气反乐，一副得意的模样。

“我的什么八卦？”韩纯满不在乎道，“我这么红的美少女，被人八卦的次数还少吗？不管你有多少料，尽情地来吧！”

“那我就说了……”苏南星故作玄虚地顿了顿，一字一句地说，“白东篱。”

“扑哧！”杜菲菲一下子没忍住，喷笑出声。

“腾”地一下，韩纯的整个脸都烧红了：“喂喂喂！我说你，你……你说，说什么啊！”

“哇！居然语无伦次啦！看来我这个料爆得还真不错！”苏南星饶有兴致地朝杜菲菲眨眨眼睛，表演得更卖力了。

“什……什么八卦！我告诉你，不要在我面前提那个人的名字！我，我……”

杜菲菲也领会到了苏南星的意识，善解人意地补充：“你害羞了。”

“没有！”

“你心慌意乱！”苏南星唯恐天下不乱地说。

“才没有！”韩纯跺了跺脚，“哇！我有事先走了！”

看着，韩纯一阵龙卷风似的夺门而出，杜菲菲哭笑不得地看着得意的苏南星：“好啦，南星，不要欺负小纯啦。”

“我哪有欺负她！”苏大小姐一翻白眼，“我这叫帮她早日认清自己的内心！”

杜菲菲忍不住露出一丝微笑，心中漫过一股暖流。她知道，苏南星和韩纯每天在宿舍像活宝一样演戏，只是为了逗自己开心，她不忍心让室友们失望，于是也跟着振作精神，背起双肩包，打算去乐西寺的工作室看看。

再过3天，就是China idol的正式比赛了，自从上一次杜菲菲和乐西寺知道爸爸得了肝癌后，他们也有一段时间没有见面了。这段时间里，妈妈打过很多次电话，乐西寺也劝过杜菲菲去看看杜伟峰，但是杜菲菲却一直没有行动，她也不知道自己在拖延些什么，但就是不愿意去面对。

……曾经那么天不怕地不怕的自己，此时却像个胆小鬼一样站在命运的门口，不敢向前跨出一小步。

杜菲菲今天鼓足勇气，想要在乐西寺去参加比赛前几天给他加油打气，毕竟，这是他最重视的事，一想到上次因为和自己吵架而被白东篱打败，杜菲菲就无比自责。

前前后后经历了这么多事，杜菲菲的眼界也开阔了不少，她不再把自己所有的时间都用在打工挣钱上。她辞掉了工作室生活助理以外的工作，其余的时间都用来努力啃书。杜菲菲发誓，在大三之前一定要把律师证拿到，这样大四就可以去事务所实习。早早实现自己的梦想——当个大律师。

这个世界，挣钱的方式很多，可是像乐西寺和韩纯那样，因为喜爱某样东西而努力去奋斗，用爱好来挣钱。这让杜菲菲明白，付出努力之前，一定要知道自己想要的是什么。否则，之前所做的那些努力，都毫无意义。

远远的，乐西寺家的白色屋顶出现在她眼前，可是走得越近，杜菲菲就越觉得奇怪……怎么今天草坪上多了那么多人？

“我的天！”等看清眼前的一切后，她不由得脱口而出一声惊呼。

苏昭和乐西寺他们，竟然在院子里的草坪上烧烤起来！

如今已经慢慢步入了初秋，天清气朗，微风徐徐地吹在脸上，让人心旷神怡。现在是上午10点半，乐西寺家别墅的草坪上，户外烤箱里热气腾腾地烤着火鸡，另外一个裸露在外的炭火烤架上摆满了食材。工作室的少年们三五成群，有些在打乒乓球，有些打羽毛球，还有些围在一起玩桌游。而乐西寺就悠闲地躺在一旁的躺椅上，旁边的小桌子上是已经烤好的鸡翅和饮料。阵阵食物的香味飘散出来，引得人食指大动。

“你们这是在干什么呀？”杜菲菲皱眉走到乐西寺身边，看着一干烧烤用具和食材。

“烧烤啊。”苏昭拿起一个鸡翅，满足地啃着。

“可是，你们不是要比赛了吗？”杜菲菲问道。

“是要比赛了……”躺椅上戴着墨镜，姿态悠闲的乐西寺一边喝着手里的饮料一边说，“可是也没有人规定要比赛了就不能BBQ（烧烤大会）啊。”

“哎呀我说小菲菲，你就放心吧。”苏昭塞了一只鸡腿到杜菲菲手里，“咱们是经历过多少次硝烟弥漫的，战斗经验丰富。上阵前最后几天放松一下，也是必须的。”

“是这样吗？”杜菲菲皱着眉。

“是啦是啦！”苏昭从背后推着她，把她按坐在乐西寺身边的椅子上，“吃吧，你今天有口福啦！我亲自给你们烤鸡翅吃！”

“乐西寺……”杜菲菲还是有些担心，她转过身去看着正一派悠闲的男生，“这样真的不会有问题吗？”

要知道前段时间，他们可都是被乐西寺虐得恨不能一天有48个小时练习啊，现在这一派欢乐的景象，简直太奇怪了。

“菲菲……”乐西寺没有回答杜菲菲的问题，而是转过头来，摘下墨镜，微眯着狭长优美的眼睛，“我们去旅行吧。”

“哈？”杜菲菲惊讶得张大嘴。

“趁着比赛还有几天，就我们两个人，一起去云南散散心，看看海，好吗？”乐西寺露出渴求的眼神。

“倒，倒也没什么……可是……”杜菲菲结结巴巴地说，她还在斟酌着用词，就见乐西寺的神情一喜，拿出手机飞快地按了些什么，不一会儿，就听到他那沉稳的声音。

“机票和酒店都订好了，走吧。”

“哈？”杜菲菲这下连恐龙蛋都可以吞下了！

“说走就走的旅行啊，快快快，飞机还有一个小时就要起飞了。”

杜菲菲一脸震惊地被乐西寺催促着站起来，听他大声宣布放假三天，顾不上去欣赏少年们开心得飞起来的神情，他就牵着杜菲菲往车库走去。

听着引擎启动的声音，杜菲菲还仿佛在梦中，完全反应不过来：“乐，乐西寺……你怎么了？是不是病了？”

说着，她伸手去探乐西寺的额头。

男生拿下了她的手，转过头来，一脸深情地说：“苏昭说的没错，我只是想在比赛前好好放松一下，和你好好过一下二人世界。”

“可……”杜菲菲终于合上了自己的嘴巴，忽然之间，开始考虑现实的问题，“可是我怎么还你钱呢？”

恢复神智的她，开始自动屏蔽乐西寺的深情，煞有介事地问。

“我可以住民宿，吃饭也可以随便一点儿，热狗或者方便面，我都是可以活下去的……”

杜菲菲的话还没说完，就被乐西寺张开手掌，一下子捂住了嘴巴，他那张帅脸上满是愠怒。

“杜菲菲，在我生气之前，给我闭嘴！”

2

云南的旅行很快乐。这也是杜菲菲第一次到离S市这么远的地方旅游。她和乐西寺两个人爬苍山看洱海，在民俗村和一帮小孩儿玩跳房子。杜菲菲完全放开了自己，她只觉得，自己的人生从来没有这样肆意放松过。

要回来的前一个晚上，乐西寺带着杜菲菲去了泸沽湖等日出。

干净清澈的湖水中，散落着几艘小船，湖岸边坐着三三两两的人群。大家都是来等日出的。乐西寺和杜菲菲也跟着在岸边坐下，此时正是凌晨4点，距离日出只有一个小时了，乐西寺用毛毯把杜菲菲围在自己怀里，两个人依偎着取暖。

月色已经渐渐隐没，天际开始有柔柔的光出现，泸沽湖美丽的湖面在那朦胧的光线里慢慢明朗，风轻轻从湖面吹过，涟漪荡开，远处层山朦朦胧胧的，此时虽说泸沽湖畔有许多人在等着日出，但却万籁俱静，所有人都在屏息等待着那神奇的一幕，等待着湖光山色相融，等待着如仙境一般的清晨。

“菲菲。”看着远处朦胧的景色，乐西寺轻轻开口。

“嗯？”其实杜菲菲对看日出这种事本身就没有抱多大的兴趣，这个时候，她已经困到连眼睛都睁不开了。

“你有想过，这次回去以后，怎么面对你父亲吗？”

杜菲菲的睡意顿时全无，她缓缓坐起身子来，没有作声。

“不管你愿不愿意接受，事实都无法改变，这几天，虽然你没有来找我，但是我知道，你也没有鼓起勇气去看你父亲，是吗？”乐西寺的声音很好听，低沉得像是大提琴一般，琴音流淌，带着循循善诱的意思，“菲菲，我希望这次回去之后，你能够放下芥蒂，诚实地面对自己的内心，和你父亲好好谈一谈。”

顿了顿，乐西寺接着说：“就当是给我比赛加油吧。”

杜菲菲抬起眼睛，看着他那张白皙英俊的脸，心里酸酸的，胀胀的，说不出是什么感觉。按理说她和父亲之间的矛盾，和乐西寺没有半分关系，但现在，他却用最珍视的比赛来劝解自己，还带她出来玩……她又何尝不知道，乐西寺是希望自己能够真正开心快乐呢？

杜菲菲深吸一口气，轻轻靠在乐西寺怀里，眼望着远处逐渐光亮的天际：“好，回去以后，我就去看爸爸。”

乐西寺微微一笑，在杜菲菲的额头印下浅吻：“太好了。”

经历了云南之行，杜菲菲感觉自己更加依赖乐西寺了。小说和电视里的“心心相印”大概就是这样吧，只要自己的一个眼神，他就能明白。

一下飞机，杜菲菲就看到韩纯、苏南星她们带着工作室的一群人站在外面迎接他们。大家在机场寒暄一阵，然后把乐西寺和杜菲菲送到了工作室。白东篱为了避嫌，就没有进去了。毕竟第二天要比赛，乐西寺的一些战略布局或许就在工作室里，而他只想和乐西寺好好比一场。

韩纯和苏南星、华铭她们也都走了。韩纯临走前，还约好杜菲菲晚上宿舍见。这让她心里暖暖的，为大家的心意而感动。

“都走了？”苏昭站在门口，这时才发觉除了乐西寺和杜菲菲，就只剩下了自己，他不由得摸摸鼻子，“西寺，你前几天你带着菲菲去云南之后，我们收拾好工作室，这里就再也没有谁进去过了，你可以放心。”

天啊……乐西寺这个大学生，就已经摆脱了单身的诅咒，他现在觉得自己特失败，特无能，特悲伤啊！

见苏昭落寞地走了，乐西寺和杜菲菲相视一笑，打开房门走了进去。乐西寺走到自己的游戏间，拿起上面被翻开的文件夹，眉头忍不住皱了皱，

杜菲菲也不由得紧张起来：“怎么了？”

“好像有人进来过……不过没事。”他翻了翻文件夹，转头冲杜菲菲笑笑，“工作室人多，有谁碰乱了也是情理之中的事，我的战术图都在电脑加密文件里，如果不是专业电竞的人，一般是看不懂的。”

3

“好了，不用担心。”乐西寺过来拉住杜菲菲的手，“你不是答应过

我，回来就要去看望伯父的吗？”

不提还好，一提起这件事，杜菲菲的神情就变得僵硬起来，虽然她答应了乐西寺一定会去看望爸爸，但却还没有做好心理准备。

“乐西寺，你陪我去个地方吧。”杜菲菲咬了咬嘴唇。

“去哪儿？”

“去了你就知道了。”

杜菲菲带乐西寺去的地方，是小时候她和杜伟峰一起掩埋美好时光的地方。10年了，自从杜伟峰无情地离开她和妈妈，杜菲菲就再也没有回到过这里。此时，杜菲菲走在这个拥有许多年记忆的游乐场里，岁月变迁，很多以前流行的游乐设施改了，唯独那个承载了杜菲菲美好回忆的旋转木马还在。

杜菲菲走到旋转木马附近，很多孩子和父母一起在这里玩耍，她听着孩子们爽朗的笑语，脸上流露出羡慕的神情。

“菲菲……”看着杜菲菲这个样子，乐西寺忍不住牵住了她的手，想要给她一些安慰。

杜菲菲回头冲乐西寺轻轻一笑：“我没事啦，别担心。”

之前她和杜伟峰一起埋美好时光的地方，现在种了一棵大树，所幸大树的树根周围被圈了起来，杜菲菲凭着记忆找到之前埋藏玩具盒的地方。从公园的园丁那儿借来铲子，费了很大的力气才把脚下的泥土挖开。原本以为没有希望的她，在看到玩具盒一角的时候，眼泪一下子就掉了下来。

“我以为……我不会再找到它了……”杜菲菲捧着刚刚挖出来的玩具盒，她轻轻打开，里面有一个翅膀掉了的漂亮玩具旋转木马。

它还是10年前的模样，只不过更加旧了，颜色也褪色了很多，但是，确实还是10年前，被她和爸爸一起亲手埋在土里的“时光记忆”……

“菲菲？”乐西寺轻轻抚摸着她的肩膀，黑曜石般的眼睛里满是心疼，“这是什么？你怎么哭了？”

泪水中，杜菲菲向乐西寺讲述了这件玩具的由来，听完后的乐西寺沉默了。

突然，他抓着杜菲菲的手说：“走，我们现在就去医院！”

这是杜菲菲第一次到医院来探望杜伟峰。起初她站在医院大门口，怎么都不愿意迈开步子，可是架不住乐西寺生拉硬拽，才被一路拖到杜伟峰的病房外。

“别问我是怎么知道的。早在你来之前，我就已经过来看过你父亲一次了。”乐西寺轻声解释。

杜菲菲沉默了下来，微风从住院部的窗户外吹进走廊，带起了白纱窗帘轻轻飘动。

“菲菲，你答应过我，不要给自己的人生留下遗憾。”乐西寺见她犹豫，从后面把她往前推了两步。

门就这么轻轻被推开了。外面的人悄无声息，里面的人也不知道有人前来探望。

“你啊，就是爱瞎操心。”邹萍背对着门口，手里拿着一碗粥，正在一口一口地喂病床上的人。邹萍说：“菲菲不是不明事理的孩子，我告诉了她你的事，她会谅解你的。”

躺在病床上的杜伟峰，虽然还是年轻时那英俊的五官，却因为病的缘故，毫无精神，头发也花白了，整个人看上去像是老了好多。他看着邹萍，眼里流露出愧疚。他说：“我对不起你们，她恨我，也是应该的。”

杜菲菲闻言心里一痛，握住门把的手轻轻捏紧了。

“你胡说些什么？”邹萍责怪他，“我以前也怪过你，但是你也说了，这么多年你在外头，也不好过……”

顿了顿，邹萍轻轻放下了碗，低下头去，似乎是在拭泪，“就是可怜我们家菲菲，这么多年……你都不知道她……她多努力……”

杜伟峰闻言一震，虽然伤感，但是不想在邹萍面前表现出来，只好安慰她：“我知道……我都知道，你看她赶我的时候那个样子……真不愧是我杜伟峰的女儿。有虎气！”

“扑哧！”邹萍被他一句话逗笑了，擦了眼泪，重新端起粥，“都什么时候了，还没个正经。”

就是在这个时候，杜菲菲终于鼓起勇气，上前一步，小声开口：“妈……”

两人不约而同地转过头，一眼就看到了站在门口处逆着光的乐西寺和杜菲菲。

“菲，菲菲……”杜伟峰一激动就要起来，被杜菲菲一句话给制止了。

“你病了，就别起来了。”

女儿的语气虽然是冷的，但是话里透露的关心却让杜伟峰面色一下好了许多。他赶忙坐回去，忙不迭地答应着，眼睛一瞬不瞬地看着杜菲菲。

杜菲菲却看也不看他，直接走到邹萍身边，扫了眼桌上的白米粥：“妈，我上个月不是给你打了钱吗，咱们家连肉都买不起吗？”

知女莫若母，邹萍当即就听出了杜菲菲的意思，笑道：“没有，医生说了，你爸爸这病不能吃太油腻，小米粥搭配青菜就可以了，不用担心。”

“谁担心了……”杜菲菲嘟囔着，眼睛扫到杜伟峰，男人正用欣喜又讨好的眼神看着她，见杜菲菲看她，冲她咧嘴一笑。

杜菲菲撇撇嘴，移开了眼睛。

“菲菲，你怎么来啦？”邹萍也显得很高兴，她拉着杜菲菲的手，问道。

“我……”杜菲菲本来想说来看父亲的，可是话到嘴边又说不出口了，低着头不知道怎么办。还是杜伟峰眼尖，看到了杜菲菲手上拿着的旋转木马玩具，不由得惊呼——

“菲菲！这不是你小时候我和你一起埋在游乐园的玩具吗？你把它挖

出来了？”

邹萍这时也把视线移到了杜菲菲手上，惊到：“真的，就是菲菲小时候的那个玩具！菲菲，当年你和爸爸说这是我们全家的时光宝盒。你把它找出来，是为了找回当年的感觉吗？”

邹萍说到后面，眼眶湿润，转过身去轻轻拭泪，而杜伟峰也像是回忆起了当年一家三口其乐融融的时光，回想现在，不由得深深地叹了一口气。

“好了。”杜菲菲见气氛不对，沉着脸开口，她拿着木马走到杜伟峰面前，手笔直往前一伸，“这个木马坏了，你……”她深吸了好几口气，才说，“你不是想我原谅你吗？把它修好，我就原谅你了。”

女生话音刚落，病房里一下子安静得到了可以听到人们的呼吸声的程度。杜伟峰睁大双眼，难以置信地看着杜菲菲。邹萍捂住心口，大气都不敢出，生怕自己刚才听到的是幻觉。

乐西寺则站在杜菲菲的对面，看到杜菲菲的眼睛里泛着欣慰的光芒。

“真……真的吗？”好一会儿，杜伟峰才找回自己的声音，受宠若惊地看着杜菲菲道。

“真的。”杜菲菲被爸爸的眼神看得浑身不自在，有点儿不耐烦地把木马往男人身上一塞，说道，“你要好起来。”

女生这话很轻，但还是被病房里的两个长辈听到了。当下杜伟峰没有说话，只是抱着怀里的木马玩具，眼角发红。他虽没有流泪，但是样子却比哭还难看。

“菲菲……”杜伟峰才开口就发觉了自己哽咽的声音，他又赶紧停下，背转身去飞快地擦了一下眼睛，“你放心，爸爸一定给你修好，一定修好……”

“是啊，你爸爸肯定会帮你修好这个东西的。就像我们一家，修修补补，就又回来了，是不是？”妈妈也跟着哭了起来。

“好了，你们这是干什么啊？”杜菲菲有些不耐烦，但眼眶却慢慢地湿润起来，她说，“我这不是来看你们了吗，哭什么啊？”

她说到最后，自己的眼泪也下来了。委屈、伤心、害怕、自责……这些情绪全都涌上心头。她走到妈妈身边，哭着说：“妈妈，你们……你们别这样，我害怕……”

从8岁那年，爸爸杜伟峰丢下自己，离开她们的生活之后，杜菲菲就再也没有大哭过了。曾经她也是一个漂漂亮亮直爽敏感的小女孩，喜欢什么讨厌什么全都摆在脸上。可是那一年，她好像在一夜之间把这辈子所有的眼泪都哭干了，从那以后就没有再表现过任何情绪。

别人骂她是没有爸的孩子，用轻视的眼神看她，孤立她在背后说她坏话……所有的这一切她都不在乎，因为她知道，她们家现在就只剩下自己和妈妈，如果她再不坚强懂事起来，这个家就会垮掉。

杜菲菲是个依赖心很强的人，也是个很固执的人。她固执地认为，只要自己努力，家就还是从前的那个样子，一样的温馨，一样的幸福，一样的其乐融融。

与其说她死板严肃，还不如说她从8岁那年起，就把自己封闭了起来。她关闭了自己的耳朵，锁上了自己的心门……只因为她希望自己活在梦境里。在那个梦境里，只要自己付出无限的努力，就一定能获得幸福……

她就是这样，孤独而又固执地活着，直到遇到乐西寺，韩纯，苏南星……

还有患上了肺癌，回来想要求得自己原谅的父亲。

麻木的心脏好像回血了一般，“怦怦”地剧烈跳动起来，那些封闭起来的情感，那些少女从来不曾也不敢去触碰的回忆，那些独属于女孩子细腻又柔软的心思，在这一刻，好像全都回来了。

她会害怕，还会感动，甚至会表达自己的感情。

“妈妈……对不起，我好怕……好怕……”杜菲菲哭倒在邹萍的怀里。妈妈的怀抱还是那么柔软，带着母亲特有的芳香。

宽厚的大手轻轻抚上了杜菲菲瘦弱的背，杜伟峰满脸是泪：“好孩子，不要怕，爸爸在呢。”

“爸爸妈妈都在呢，我们一家都在。”妈妈轻轻拍打着杜菲菲的背，温柔地劝解。

窗外的阳光很美好，偶有微风从大开的窗户里吹拂进来，带来了阵阵桂花的清香，看着眼前这一幕，乐西寺悄悄离开了病房。

房里的少女好像慢慢停止了抽泣，细细的安慰声从里面传来。乐西寺静静地站在走廊上，听到里面慢慢地，已经有银铃般的笑声传了出来。

家到底是什么？它拥有怎样的魔力呢？乐西寺不禁有些开始羡慕起杜菲菲来，虽然她经历了那么多分离，但是她的家庭关系一旦破冰，还是那么温暖温馨……然而自己……

乐西寺的脑海里不由得浮现出很小的时候，他坐在爸爸的大书房里，爸爸低头看文件，做律师的妈妈每天都忙到脚不沾地。那真是一段很冷、很冷的时光啊。

小小的他，只有在晚上吃饭的时候，才能见到自己的妈妈。可是，他们除了问他功课以外，就再也没有表现过任何其他的关心。

度过那段压抑而又沉默的光阴，乐西寺很庆幸自己终于不用回到从前。现在的他，有了自己喜欢做的事情，还有一群拥有共同梦想的小伙伴。最重要的是，他找到了对自己而言，生命中最重要的人。

杜菲菲的幸福，就是他的幸福。

病房里，杜菲菲察觉到乐西寺已经离开了。她正要起身去找，手机却响了——

“好好陪陪你父母，我先回去了。”

杜菲菲莞尔一笑，感念乐西寺的细心和体贴。杜伟峰见杜菲菲幸福的表情，不由得问起乐西寺的事情来，可是却被邹萍给教训了。

“我们女儿的眼光可比我当年好多了，你就别在这儿横插一杆子了。”

杜伟峰被教训得讷讷的，支支吾吾不敢说话。杜菲菲和邹萍见他这样，都笑了。

一时间，房间里就只剩下了一家三口和乐的笑声……那些过往的仇恨，多年的隔阂，在这一刻，都随风一吹，消散不见了……

4

China idol来了！

早在一个星期以前，这次决赛的票就被抢售一空！要不是杜菲菲和韩纯她们是关系户，现在连赛场的门都进不了！各大媒体网络平台连夜报导，为了能够给自己的偶像以最大的支持，很多电竞迷们不远千里跨了好几个省来支持自己的选手。有些人甚至彻夜排队，就是为了能在决赛现场占一个好位置。

而杜菲菲也是第一次见到，原来电竞比赛已经在不知不觉间成为了现在年轻人的热门娱乐，S大甚至有专门的电竞社团，在学校大礼堂举办了庆祝仪式！

国内两位电竞大神“千金笑”和“流星”的首次对决，实在是很有噱头，两人的粉丝早就在网络上激动地展开了支持投票，都在为自己的偶像声援着！

现在，这激动人心的一刻，终于要来了！

一大早，韩纯和苏南星就被处于亢奋状态的杜菲菲叫起来了，她破天荒地好好打扮了一番，漂亮的大眼睛里神采奕奕：“小纯！南星！我们去给乐西寺加油吧！”

“才不呢！”韩纯坐在梳妆台前，懒洋洋地一口否决，“我要给白东篱加油！”

“我要给华铭加油！”苏南星也不甘落后。

刚才撑起来的气势被她们弄得一点都没了，杜菲菲像个瘪了的气球一样飘到书桌边，拿起包包，深吸一口气，转过身来看着韩纯和苏南星。

“就算你们去加油！也是没用的！因为我们家乐西寺，会代表月亮——”杜菲菲做了个卡通美少女战士的经典造型，“消灭你们！”

“呀！”

韩纯和苏南星的拖鞋“咻咻”地朝杜菲菲站立的地方飞去，她眼疾手快，“砰”的一声关上门，这才幸免于难。

“见色忘义！”逃脱一劫，她不由得悻悻地说。

杜菲菲气喘吁吁地到达比赛场地的时候，才猛然惊觉——这里人也太多了！

China idol是在S市最大的博览馆举行的。举办方不仅整整空出了一层来作为比赛场地，赞助商提供的白色围栏还把观众和玩家隔开来。巨大的LED屏幕近距离特写播放着比赛的电脑屏幕界面，现在比赛还没开始，但是已经有先到的比赛选手，开始练起手来。

正在杜菲菲为这次比赛的盛况感叹的时候，人群中突然一阵骚动。黑压压的人头像是潮水一般向大门口涌去，她抬起眼观察，原来是韩纯来了！

本来就漂亮的韩纯，今天简直特别的美！和以往直播时不同，今天的韩纯一身清纯装扮，雪白的紧身长裙很好地勾勒出了她曼妙的身姿，青春而不失俏皮的小性感，她的妆容也极精致，靓丽的长发披散下来，耀眼到让人赞叹。

这里的许多电竞迷都看过韩纯的直播，众人都没有料到像她这样的大咖竟然会出现，而且还平易近人地选择和普通观众坐在一起。很多男粉丝们都被这突如其来的意外惊喜给震惊到了，纷纷上前和韩纯合影要签名。

杜菲菲百无聊赖地转过身，刚好碰到了愤愤而来的苏南星，她气鼓鼓地挽住杜菲菲的手臂："哼，等我的小说畅销了，我的人气一定会高过小纯！到时候，我倒要看看，我和小纯，到底谁厉害！"

杜菲菲莞尔一笑，她倒是不反对苏南星和韩纯这种直来直去的较劲，虽然很幼稚，但却很有意思！

毕竟，拥有一个众星捧月般的优秀朋友，也是刺激自己上进努力的好目标啊！

安顿好苏南星，杜菲菲不由得环顾四周，视线在人群里乱扫着，期待发现乐西寺。可是，就当她扫过对面观众席上一角时，一个纤细小巧的身影意外地从她的视线中闪过，她蹙了蹙眉头，刚想要仔细看看，背后却忽然传来乐西寺那清朗的声音。

“菲菲。”

第十章

决战！China idol！

“乐西寺！”杜菲菲激动地转身，把刚刚的事情抛到了脑后。她抓住乐西寺的胳膊，仔细端详起他的脸来，“你现在怎么样，是不是很紧张？”

“紧张什么啊！”乐西寺无奈地拍拍她的头，幽黑的眸子里满是宠溺。他说：“我刚才被人莫名其妙地撞了一下，现在没事了……怎么样，大家都来了吗？”

“嗯，都来了！”杜菲菲兴奋起来，红着一张小脸，“我来给你加油！”

“虽然你是我们家菲菲的男朋友，但……我是来给我们家华铭加油的哦！”苏南星凑过来，打趣地说。

“我就更不用说了，虽然小菲菲是我挚爱的室友，但我支持白东篱。”不知道什么时候，韩纯已经从粉丝群中脱身了。她亭亭玉立地站在杜菲菲身边，骄傲地挺了挺胸。

乐西寺抿了抿嘴唇：“其实，我有菲菲支持就足够了，说真的，其实我不是很在乎你们……”

“喂！”苏南星和韩纯两人抬起头，齐齐对乐西寺怒目而视！

“好啦好啦，乐西寺，你快去比赛吧，大家都入场了啊。”杜菲菲推了推韩纯和苏南星，几人朝游戏区看去。就看到分列两边的玩家都已经入场坐下了。

整个游戏区被分为4个区域，整个赛制采取PK（对决）晋级的方式，进入决赛的总共有8支队伍，其中除了白东篱和乐西寺这两个团队是私人工作室以外，其他的全都是由游戏公司花大价钱培养起来的商业团队，实力非常强。

China idol的最终胜利者，也即将从这8支团队中产生……像这种重量级的比赛，冠军能带来的收益，简直令人无法想象。

“不是我吹牛，除了我家白东篱和菲菲家的乐西寺，在座的其他人都是垃圾。”韩纯站在观众外围，毫不掩饰自己的骄傲自得情绪。

“你这么说可不对啊，我们家华铭可是这次比赛最受瞩目的新晋黑马呢！”苏南星小嘴一瘪，表示不服。

“哎呀你们两个就别拌嘴了，都快开始比赛了。”杜菲菲站在苏南星和韩纯中间，用力拍了拍栏杆。

三人朝比赛场地看去。随着开场音乐的响起，从各大网站和电视台来的摄像机也对准比赛区域，主持人宣布比赛正式开始！

杜菲菲的心都提到了嗓子眼！

乐西寺现在正在A-1区，他的对手是一个商业团队“黑金”。他们专门在世界各地打比赛，其实力不容小觑。跟“2S工作室”不同，他们的内部竞争血腥而残酷，只要有利可图，就会出现他们的身影，有时候是为了高额奖金，还有时候，仅仅是为了打垮某位知名的高手，来为自己的工作室赢取名声。

这次的China idol主办方，可谓是下了血本，不仅邀请到白东篱和乐西寺这样的大神级人物，就连商业团队也是同行中的佼佼者，真正做到了“神级对抗”，吊足大众的胃口，把比赛设置得更富娱乐性和观赏性。

杜菲菲目不转睛地看着正在认真游戏中的乐西寺和苏昭等人。她的视线在游戏区巨大的LED屏和乐西寺他们的脸上来回移动。

看着看着，杜菲菲的眉头却越皱越紧……不对劲……

就算是自己这个游戏小白痴，也看出了不同寻常的地方。频频输给别人也就算了，乐西寺和苏昭的脸色也在整场比赛过程中越来越差，面色难看到了极点，仿佛遇到了极度恶心的事情一般。

“不对啊……以乐西寺和苏昭的实力，怎么会这样……”一旁的韩纯疑惑出声。

“虽然我不懂，但是那个黄色的小人是我哥吧？怎么被人追着打？还跑到草丛里去了。”苏南星也皱着眉头。

“不只是你哥，就连乐西寺也是一动都不能动，他们根本就是才刚刚埋伏下来，就被对方的人发现了……这实在太奇怪了。”

韩纯皱着眉，她平时也经常做游戏直播，虽然实力不怎么样，但基本的眼力还是有的，乐西寺这一方几乎从比赛一开始就处于弱势，随着时间流逝，现在更是被商业团队压着打。按理说，这支商业团队虽然名气很大，但也不至于这么神，仿佛上帝提前告诉了他们对手的信息一样，连看都不看，直接上来就打。

“一般的比赛，起初一定会有一个互相试探的时期，他们这么自信地一上来就穷追猛打，还打得乐西寺他们毫无招架之力……这样子不像是实力，更像是……”

“他们知道了乐西寺的战术！”电光石火间，杜菲菲想到了昨天回到工作室时，乐西寺说过的话。

“小纯，南星！快，陪我回去看看！”杜菲菲拉着不明就里的韩纯和苏南星急匆匆离开了比赛场地，直奔工作室而去！

“菲菲，这是怎么了？”这次来看比赛，苏南星把苏昭的车也开来了，她坐在驾驶座上一边开着车，一边向杜菲菲询问。

“我和乐西寺从云南回来的那天，他曾经说文件好像被人翻动过。不过因为工作室平时人就很多，我们也都没太在意，直到今天看到这个情况……他说的是对的，有人趁着我们放假期间，闯进工作室偷走了战术资料！”杜菲菲攥紧了拳头，声音里夹杂着无比的怒气，“要是让我知道是谁，我一定不会放过他！”

韩纯和苏南星在后视镜里对望一眼，也义愤填膺，不能怪杜菲菲会这么生气，电竞是乐西寺的梦想，更是他一直奋斗和努力的目标，这次的China idol，乐西寺更是倾尽全力去准备和练习，到最后关头竟然出现了这么龌龊的事！

苏南星一路风驰电掣地开车到工作室。才刚刚停下来，杜菲菲就一个箭步冲了下去，韩纯在后面追都追不上。

等韩纯和苏南星停好车，赶到乐西寺工作室的时候，就看到杜菲菲浑身僵硬地站在一台电脑前，阴沉着脸看着工作室安装的监控视频，胸膛气得一起一伏，仿佛积攒了无限的怒火。

苏南星和韩纯走过去，视线才刚刚聚焦在屏幕上——

“这个人是……”苏南星捂嘴惊呼，“是小晴！”

许久没有出现的陈晴，竟然潜入了乐西寺的家里，把他的战术攻略全都偷走了！视屏里可以很明显地看到她穿着棒球服，还戴着一顶鸭舌帽，虽然陈晴做了一番乔装打扮，但苏南星对陈晴非常熟悉，只是看她走路的姿势就知道，这个人就是陈晴无疑！

“竟然是她……”韩纯也惊讶地张大嘴，“她不是已经和我们闹掰了，最近连课都不上了吗？怎么会想到来陷害乐西寺？她和乐西寺无仇无怨……”

“很明显是因为我们揭发了她，所以她才来报复的，陈晴……”杜菲菲眼里燃烧着怒火，深吸一口气，顿了顿，才接着说，“小纯，拿上录像，我们现在马上赶回去告诉乐西寺这件事。”

“哦哦，好。”韩纯忙不迭地拷贝了视频记录，苏南星更是愧疚地跟在杜菲菲身边，要不是陈晴怨恨自己，盗窃了自己的小说，有可能乐西寺根本不会碰到这样的事。

带着这样的心情，苏南星一路上车开得飞快。等到了赛场的时候，韩纯的脸都白透了。

“小南星……”杜菲菲身姿矫健地下车后，韩纯苍白着脸凑到苏南星身后，痛苦地开口，“答应我，以后开车不要随便玩漂移了好吗……姐姐的命都快被你开没了……”

“小纯……”苏南星虽然是开车的，但是她自己也没好到哪里去，一张俏脸煞白，扶着方向盘的手在发抖，“我……我就是觉得对不起菲菲和小寺，你别怪……”

后面的话还没说完，苏南星就捂着嘴一脸痛苦地跑到路边去吐了。

韩纯忍着胃里翻腾的不适感去找杜菲菲，等到苏南星整理好自己，跑到赛场的时候，却发觉杜菲菲和韩纯呆呆地站在赛场里，脸色无比难看。

“怎么了？你们不是来找乐西寺的吗？”苏南星往赛场里看了一圈没看到乐西寺，不由得疑惑地问，“乐西寺呢？他怎么不在？”

“比赛已经结束了，乐西寺在第一局就被淘汰了，甚至没有进入决赛。”韩纯叹了一口气，“我们没找到他，不知道他去哪里了。”

事到如今，就算是白东篱夺冠了，她也开心不起来，原本她们来就是为了看乐西寺和白东篱一较高下的，现在这个状况，什么心情都没有了。

“我之前看到陈晴了。”杜菲菲在旁边一直没有说话，此时她突然开口，苏南星和陈晴都齐齐朝她看过去。

“我看到她了。”她攥紧拳头，眼中燃烧着熊熊怒火，“原本，我还有点没认出来，现在想想，那个熟悉的身影一定是她！居然还敢来比赛现场……我们分头找，一定可以找到她。”

说完，杜菲菲也不等苏南星和韩纯回应，一扭身消失在了人海茫茫的赛场。苏南星和韩纯对视一眼，很快也融入了人流中，去寻找那个罪魁祸首。

现在已经进入到决赛阶段，白东篱碰上了第一轮打败乐西寺的“黑金”团队。从乐西寺被淘汰后，他的眉头就没有展开过……以乐西寺团队的实力和训练程度，打败这支商业队伍简直是手到擒来的小事，可是现在却阴沟里翻船，让他觉得很不对劲。

但是比赛过程中禁止选手之间对话，所以再怎么怀疑，他也都只能一直打下去，可是到了最后，自己和他们对上时，白东篱才真正发现，自己的判断是对的——对方的实力还算不错，可和“2S工作室”比，完全不算什么！乐西寺究竟为什么会输给对方？

摸清楚对手的底细之后，白东篱再也没有犹豫，带领团队一举歼灭对手，夺得了这次China idol的冠军，前后花了还不到半个小时。

与此同时，陈晴也被找到了——她就隐藏在观众席里，还戴着那顶潜入工作室的鸭舌帽，原本混在人群中不太起眼，但却被见过她这副打扮的韩纯一下子就认了出来。

杜菲菲再也忍不住自己的满腔怒火，她三步并作两步，冲向被韩纯一把抓住的陈晴，高高扬起手臂——

“啪！”的一声脆响！

“菲菲！”

“小晴！”

韩纯和苏南星异口同声地大叫起来，她们从来没见过杜菲菲这副样子，仿佛不可侵犯的女神，高高在上地俯视着眼前的人。

陈晴一下子被打蒙了，她站在原地，偏着头，鸭舌帽檐下的脸看不清是什么表情。

“菲菲，这是怎么了？”这里的动静惊动了赛场的一大波人，很多人都朝这边看了过来，一直没有踪影的乐西寺和苏昭他们也闻讯赶了来。

“你自己看。”杜菲菲头也没回，从韩纯手里拿过手机，打开视屏播放给乐西寺看，“她偷了你们几个月以来的战术成果！”

韩纯回过神来，也点点头，神色复杂地说：“这份资料，她一定是又转手卖给了之前那个什么‘黑金’工作室，陈晴，我也算佩服你，竟然有胆子跑到这里来，你以为我们没有人知道你做的那些龌龊事吗？”

“我怎么？”陈晴像是被踩到尾巴一样猛然抬起头，一个多月不见，她瘦了很多，原本眉眼中的温柔完全消失不见，被冷漠所取代。她满眼怨毒地看着杜菲菲说道：“你凭什么认定是我做的！视频里面这个人连脸都看不清，你凭什么这么说！”

陈晴激动起来：“别以为你们抓住了我一次，就妄想把所有的脏水都往我身上泼！杜菲菲，你凭什么扇我耳光！”

“因为你是个人渣。”杜菲菲面无表情地说出这句话，让所有人都吃了一惊。

乐西寺看着杜菲菲的眼神也满是惊讶，即使是之前她差点被人拐走，苏南星被陈晴抄袭了小说，也没有人见到过杜菲菲发火。可直到现在，他

才发现她发起怒竟然这么可怕，

陈晴也愣住了，呆呆地看着杜菲菲。

“你去偷西寺的战术攻略，就是为了报复他吧？因为我和小纯来了一趟他的工作室，回去之后就揭发了你，所以你认为他在害你，所以伺机报复。”杜菲菲的神色一直都很冷静，好像说的不是乐西寺的事一般，“刚好你在查找西寺工作室资料的时候，意外发现有人在高价收购乐西寺团队的作战方案，你见财起意，偷配了我的钥匙潜入到他家里偷东西。”

她每说一句话，陈晴的面色就苍白一分，苏南星和韩纯互相对视一眼，都从对方的眼里看到了怒火……她们曾经住在一起，从来没有防范过彼此，可没想到，居然有人会为了这么肤浅的理由，就去毁掉别人的梦想！

“陈晴，你是不是很热衷于做这种事啊？”韩纯冷哼一声，“先是卖了南星的小说，又卖乐西寺的战术，我看你是穷疯了吧！告诉你，最好现在就跟我们去举办方那里坦白，之前的比赛不算数，要不然……菲菲可不是南星，她可不会轻易原谅你。”

“没错，我不是南星，你不承认也没关系，我手里的视频就是证据，一样告到你倾家荡产。”杜菲菲沉着脸，冷冷地说。

乐西寺此时已经听完了整个事情的始末，也总算明白自己遭遇到了什么。他身后跟着苏昭和几个一起来参加比赛的少年，他们是一个团队，为了China idol这个梦想聚集在一起。就在这次比赛的前两个月，苏昭和少年们一起彻夜训练，和乐西寺讨论战术，分析敌情，排兵布阵……即使是在比赛的前一秒，他们都因为做好了充足的准备而信心满满，在得知对手是那支“黑金”团队时，苏昭甚至觉得这次的China idol冠军已经是囊中之物了，完全没有想到，对方竟然会使用这么龌龊卑鄙的方式取胜。

陈晴其实早在杜菲菲拿出视频的时候就心虚了，只不过她自己一直强撑着，现在听到她们这么说，不由得露出害怕的神色，对面的男生们全都同仇敌忾地看着她，眼神就像看阴沟里的臭虫一样。

“原来是这样。”乐西寺上前一步，他轻轻握起杜菲菲的手，似乎要从她那里汲取温暖和力量，“我是这件事的直接受害者，我赞成菲菲的提议，用法律来维护自己的权益，之前苏南星没有追究，不过是因为她觉得和你之间还有友情，但我和菲菲不一样，你敢毁掉我们整个团队的梦想，就等着法院传票吧。”

“我没有……”陈晴还打算狡辩。

“小晴……”这个时候，一直沉默着的苏南星站了出来，悲伤地看着她，“到现在你还不承认吗？这段视频我和小纯都可以作证，里面的人就是你，如果你还不相信，到时候技术分析，一样可以证实盗窃的人是你，你……”

说到这里，苏南星的眼底泛出泪光：“你为什么要执迷不悟呢？做这样的事，到底对你有什么好处啊？”

“当然是为了钱啊！”陈晴猩红着眼看着苏南星，大笑道，“要不然是为了什么？我被你们赶出了寝室，一个穷学生在外面租房子，我哪来的钱？他们可是给了我2万块的酬劳呢，只不过是偷点战术策略而已，就能有这么多钱，我为什么不干？我傻啊！”

“无药可救。”一个低沉动听的男声从陈晴背后传来，众人循声望去，就看到了本来应该在领奖台上的白东篱，不知道什么时候已经出现在众人对面，冷漠地看着陈晴，“只有你这样的蠢货才会干出这种事。”

“白东篱？”乐西寺不由得吃了一惊，俊秀的眉宇间露出一丝疑惑，“你不是在领奖吗？”

“领什么奖，我跟他们打的时候就觉得不对劲了。胜之不武的事情我是不会做的。”

说着，白东篱在所有人的注目中走上领奖台。那里，身为亚军的“黑金”和主持人已经等了很久，主持人见白东篱上台，焦急的面色略有缓和。

“现在我们的冠军终于登场了！冠军团队，请问……”

主持人的话还没有说完，白东篱就把对方的话筒拿了过来，众人都看着白东篱，只见男生站在领奖台上，沉沉的目光扫视了台下的人一圈，在乐西寺身上停留了一会儿，这才拿起话筒。

“各位，非常感谢你们能来参加这次的China idol大赛，很高兴，我能带领我的团队获得这次的冠军，但是……”白东篱顿了顿，在众人沉默的时候，突然把手指向了身为亚军的“黑金”团队，“这一次的比赛，并不公平！”

白东篱说完这句话，台下的人都明显露出惊讶的神色，而“黑金”团队更是一脸的错愕与难堪，显然没有想到，他们的事情居然被白东篱知道了，而且对方竟然选择在这样的场合公开出来。组委会的评委也都面面相觑，随后交头接耳起来。

终于，其中一个看上去有些身份的人站起来，冲白东篱道：“你有什么证据证明这场比赛是非公正公平的？白东篱，虽然你是这一届的冠军，但是也要请你注意自己的言辞。如果没有证据，这对你的电竞生涯会产生难以估量的影响。”

台下众人顿时一片哗然，大家都开始窃窃私语起来。

本来只是想着来拍下整个过程的媒体们一下子兴奋了起来，机位对准白东篱和那支商业团队，一副等八卦的样子。

“请大家安静一下。”白东篱面对骚乱的人群，出声安抚道，众人也在他那具有诱惑力的声线下逐渐安静下来，“谢谢您对我的提醒，在上来说出这件事之前，我已经做好了接受最坏结果的准备，而且，我有证据可以证明，这次的比赛，是被人做了手脚的。”

“喂！你不要血口喷人了！不管你有没有证据，都不应该在这个地方说这种话，你以为评委老师都是死的吗？我们这么大的比赛，就因为你一句质疑，全都停摆了，你最好不要再继续了，否则我们会联名抵制你在所有电竞赛里的资格！”

“黑金”的领队突然站起来，年轻的面庞上满是委屈和愤怒。好像白东篱之前说的那些话全都是污蔑之词一般。

“对啊，就因为白东篱质疑，整个比赛进程就要暂停，这未免也太不公平了吧。”台下有人窃窃私语着。

“可是说不定这件事真的有猫腻啊，你没见这次连乐西寺都被打败了吗？”有人悄声反驳着。

“就是因为这样才可疑啊，按道理说白东篱和乐西寺是对手吧？现在白东篱夺冠了，奖金整整30万，谁会傻到去干这种事啊？”

“也对……”

“这白东篱脑子进水了吧……”

……

窃窃私语的声音在人群中传到了乐西寺的耳朵里。当然，也传到了杜菲菲的耳朵里。杜菲菲扭头去看，就见乐西寺好看的唇线紧紧抿了起来。男生眼底流露的情绪让杜菲菲忍不住心里一紧，她上前握住乐西寺的手，男生看向她。

“乐西寺，没关系的，我们有证据，不要担心。”

“嗯……”可是乐西寺却什么都没说，只是简单地嗯了一声，视线便又再度回到台上。

“你这么着急想赶我下台，是因为害怕我拿出证据来揭发你吧？”白东篱转向了“黑金”团队，似笑非笑地看着领队道。

“我……”那名领队被白东篱说得一噎，不自在道，“我有什么好怕的，我只是提出抗议，你这样扰乱现场秩序！”

“我有证据！”人群中一个低沉冷峻的声音响起。

众人循声望去，就看到了乐西寺站在人群中。他身边站着这次参赛的团队，乐西寺冲苏昭示意，就见苏昭一把拉过陈晴，跟着乐西寺一步步走到了领奖台上。

骤然站在台前的陈晴，被媒体们肆无忌惮地拍照，便尖叫一声躲在了苏昭身后。她瑟瑟发抖着："不要……不要拍我……我什么都没做……不是我……"

可是韩纯哪里容得她逃跑，她把陈晴从苏昭身后抓出来，让她完全曝露在众人面前。陈晴用双手遮住了自己的脸，害怕得浑身发抖。

"我说……"韩纯把陈晴推到商业团队的领队面前，"这个人，你们认识吧？"

果然那名领队在看到陈晴之后面色大变，但他还是强撑着道："你们是谁啊！现在是颁奖的时候，你们到底想干什么啊？"

"我们不想干什么，只是想请大家欣赏一段视频罢了。"乐西寺低沉的声音在台上响起，不知道什么时候，苏昭把韩纯的手机连接了电脑，大屏幕上出现了那天陈晴出现在乐西寺工作室偷窃的视频。

"这个人，在这次China idol比赛的前一天，潜入我家，偷取了我们整个团队的战术攻略，之所以今天我们团队会在首轮遭到淘汰出局，就是因为他们……"乐西寺指着"黑金"的领队，话语里满含愤怒，"花重金收买了这个女生，盗窃了我们的劳动成果。"

乐西寺话音刚落，一段音频适时地在赛场响起——

"为了钱啊！要不然是为了什么？我被你们赶出了寝室，一个穷学生在外面租房子，我哪来的钱？他们可是给了我2万块的酬劳，只不过是偷点战术策略而已，就能有这么多钱，我为什么不干？我傻啊！”

随着这段音频结束，一张QQ聊天对话的截图也出现在大屏幕上，“黑金”领队竟然蠢到用自己的名字注册QQ名，在与陈晴的对谈中指名道姓……

“你这个蠢货！别人只是吓吓你，你就全说出来了！”那领队恼羞成怒就要上前来抓陈晴，却被白东篱拦住了。

“你自己做了错事，就不要怪别人揭发，这段截图是西寺刚刚查出来的，光是凭借这个技术，就能甩你们十几条街。”白东篱看着他的眼神满是不屑，“电竞比赛虽然还没有进入奥运会，达到全民普及的地步，但至少它也是一项体育竞技，你们在竞技比赛中作弊，理应受到惩罚。”

“白东篱！”“黑金”领队的眼睛都红了，他仇恨地看着白东篱，怒吼道，“你已经是冠军了！为什么还要多此一举！”

白东篱冷冷地看着他，笑道：“你见过奥运会上作弊的人最终成功的吗？我已经报警了，你们团队，还有陈晴……”

他没有再说话，倒是乐西寺冷冷俯视着陈晴，冷哼一声：“我劝你最好主动交待，偷盗两次，造成的损害已经超过了你的预估，我们都不是你的朋友，不要以为这个世界对你有第一次宽容，就会有第二次，做错了事，总会有报应在前面等着你。”

“好自为之吧。”

他话音刚落，赛场外就响起了警笛声。几个警察进来，在确凿的证据面前，直接把“黑金”团队和陈晴都带走了。

白东篱看了乐西寺一眼，把他带到了评委面前。

“我申请这次比赛，重新开始。”

“这……”组委会的老师们面面相觑。

虽说这次的China idol出了这么一个大岔子，但是骤然间宣布重新比赛，还是太仓促而且准备不足了一点，可如果不宣布重新比赛，恐怕以现在的状况来说，会激发群愤。

“重新比赛！”

“重新比赛！”

“重新比赛！”

……

仿佛是为了应证组委会的担忧一般，知道了真相的群众集体在台下喊了起来，就连前来拍摄的记者摄像大哥也都举起了手……

组委会的人似乎都没有料到会这样。最终，那名之前和白东篱说过话的中年人站了起来，他拿起话筒，示意众人安静，然后才说道：“这次的事件，发生得特别突然，但是考虑到比赛的公平公正，我们决定，China idol于3日后重新举办！欢迎大家前来观看！”

“哇哦！”

现场顿时一片欢呼！

乐西寺和白东篱对视一眼，下一秒，两个大男生的手紧紧撞击在一起。

“白东篱……”乐西寺难掩激动，他想说出感谢的话，但是却因为平日里很少有这样激情袒露的时刻，所以嗫嗫很久，才说道，“我果然没有看错你！”

“3天后，我们一较高下！”白东篱也难得被激发出了热血，豪迈地说。

杜菲菲和韩纯几个人，早就开心得蹦了起来，虽然苏南星还在为陈晴的事情而有些悲伤，但是她却没有像上次那样去维护陈晴了。

做错了事情，就要付出代价。

这是生存在这个世界的铁则，不是吗？

3天后，真正的China idol开始了！

一大早杜菲菲就去乐西寺的工作室接人。经历了上次的事情，这一次杜菲菲简直快成了乐西寺的贴身保镖了。

“我说菲菲，你也太紧张了，放心啦，乐西寺吸取教训在工作室每个角落都安装了监视器，更别说那里三层外三层的工作室大锁了，就是一只苍蝇也别想飞进去好吗？”韩纯实在是看不过眼杜菲菲这副草木皆兵的样子。

“不是啊小纯……”杜菲菲很是紧张地说，“我觉得，这次的比赛，说不定大家都有危险啊，不只是乐西寺，我看白东篱也需要保护，要知道，现在这次比赛的两大看点就是西寺和你家白东篱啊，我觉得还是小心为上的好。”

“你，你在说什么啊……”韩纯原本满不在乎的表情微微变了变，不想承认，可是一想到白东篱真的有可能会被人陷害，她又忍不住担心，只好哈哈笑着说，“不可能啦，白东篱自己很小心的……”

“可是，上次他揭发了那支商业团队，说不准有人会怀恨在心呢……”正在这时，一旁在电脑上敲着字的苏南星，忽然开口说了一句。

“啊！”韩纯突然从座位上站起来，慌乱却又极力掩饰着，“我……我上次落了一支口红在白东篱那里，我现在去看看……”

说着，她逃也似的离开了。

“嘻嘻！”苏南星和杜菲菲对视一眼，露出狡黠的笑，“担心小白被人陷害呀，还说自己和他没什么呢！”

……

3天时间，足以让China idol重新举办的消息迅速发酵。很快，网络上就集体刷起了“电竞大神遭陷害，极限对决重聚首”的话题。微博上话题的点击率和阅读量甚至飙升至两亿！一时间，这次的盛事比上一次还要热闹！

今天到达后，杜菲菲才发现，这次的人流量，比上一次整整多了3倍有余！原本宽阔的赛场，因为人太多，甚至惊动了附近的警察们来维持秩序！

杜菲菲和苏南星等人因为和比赛选手关系紧密，被安排在了靠前的贵宾位置。很多慕名而来的观众们只能站在外围看大屏幕。可是即使如此，人流也还是随着时间的流逝越来越多。

“看来，今天会是一场非常耀眼的对决呢。”韩纯冲杜菲菲眨眨眼。

随着比赛时间的接近，主持人在带领大家读秒之后……China idol正式开赛！

杜菲菲的神经一下子紧绷到了极限！

经历过上一次的事件，这一次，乐西寺显然不敢掉以轻心。比赛才一开始，他的面色就立马严肃起来。大屏幕上他的神情严峻，双手的手指在键盘上飞快敲击着，不时还有短促的命令声从他嘴里传出。

与此同时，另一边的白东篱也很认真。相较上一次，白东篱的眼神里少了几分疑惑，多了几分自信与从容。当然，唯一不变的，是他和乐西寺眼底的那份对电竞的热爱！

时间一分一秒流逝，乐西寺和白东篱也不负众望地杀到了最后，望着坐在对面的平日的好朋友现在的对手。两个少年的脸上，都浮现出了欣慰的笑容。

“白东篱，究竟我们谁更厉害……”

“今天见分晓！”

比赛的铃声响起，人群顿时轰动起来！这可是“流星”与“千金笑”的顶级对决！不少人甚至拿出了手机，要把这历史性的一幕记录下来！

杜菲菲和韩纯的手更是紧紧地握在了一起！

“菲菲，我跟你说啊……”韩纯的声线紧张到在颤抖，“虽然我们是好朋友没错，但是我是支持我家小白的！我现在心里想的，全都是让你家乐西寺赶紧输啊……”

“没，没关系。”杜菲菲也很紧张。她后背都快湿透了，眼睛眨也不眨地盯着大屏幕，“我，我也在心里拜托上帝，祈祷你家白东篱这个时候突然晕倒……”

“我说！你也太恶毒了吧！”韩纯抗议。

“啊……我……是吗？我之前还希望白东篱被抢劫来着……”杜菲菲冲韩纯歉意一笑。

“你！”

“我说你俩别这么入戏行不行！快结束了。”一旁的苏南星翻了个白眼道。

“什么？”杜菲菲和韩纯二人赶紧转向大屏幕。

而此时的大屏幕上，游戏已经到了最后的阶段！

只见原本已经被白东篱打得退回老巢的乐西寺，在白东篱的队伍全部入城之后，突然之间从四面八方派出了自己的军队，来了个瓮中捉鳖，将白东篱的团队一网打尽。随后乘胜追击，在白东篱预备逃跑更换装备的时候，一举歼灭了对方！

乐西寺胜！

杜菲菲激动得站起来，放声呼喊！

而结束了战役的乐西寺此时抬起头来，第一眼就看到了杜菲菲，男生的嘴角微微弯起，看向杜菲菲的眼神中满是宠溺和荣光。

“我做到了……”

乐西寺冲杜菲菲无声地做了个口型。

“你最帅啦！”

杜菲菲使出了浑身的力气，喊出了全场最大声！

乐西寺一怔，随即抬手摆了个致意的手势，冲杜菲菲调皮眨眼，媒体们的镜头里，男生自信骄傲神采飞扬的脸，定格在了这一瞬间。

尾　声

花开花落，又是一年春天。

S市机场里，一身清爽打扮的杜菲菲站在安检口，和高大的乐西寺手牵着手。

“菲菲，到了那边，你要好好照顾自己，不要太辛苦了知不知道？”邹萍现在也和从前不一样了，褪去了沧桑愁苦的面容上，此刻只有对自家女儿即将远行的担忧，她的气色比从前好了很多，微微打扮，就恢复了几分当年的风韵。

“我知道了，妈，您放心，有乐西寺和我一起呢。”一年时间过去，杜菲菲早已不是当初那个对什么事都执念到不行的小女孩，这一年的时间里，发生了太多的事，也让她明白了很多，她努力考到了律师证，更在乐西寺的建议下，冲破雅思大关考上了南安普顿大学的法律专业。而乐西寺为了陪伴她更为了未来电竞事业的发展，决定和杜菲菲一起去往英国，在那里开始他们的梦想之旅。

唯一可惜的是，杜菲菲的父亲没有撑过最后一关。3个月之前，他的病情发生了急剧变化，抢救无效，去世了。

杜菲菲还记得，在医院听到父亲去世的消息时，她天塌地陷般的绝望和悲伤。

在原谅了父亲之后，杜菲菲才又重新开始了一家三口平静而又温馨的生活。无数次，她都在心里祈祷，父亲的癌症可以痊愈，至少，能够让她和母亲在病床前多陪陪父亲。那些缺席了的父女天伦，那些再也无法挽回的美好的时光，那些鲜活的记忆，那些杜菲菲就算是献出自己的生命也想要抓住的东西，就这样，随着父亲的去世而烟消云散了……

“菲菲，不要恨爸爸，也不要带着仇恨和偏执去对待你的生活，爸爸希望，你可以是个快乐、自信、乐观的小姑娘，爸爸不能陪伴你走完剩下的人生旅途，却希望能看到你时时刻刻都展露笑颜……”

葬礼上，妈妈哭泣着拿出了父亲留给自己的遗书，杜菲菲在空无一人的房间里，哭得泣不成声。

远远不够啊……

她原本以为自己已经够到了幸福的尾巴尖……老天爷却过快地斩断了她的快乐。

那段时间，杜菲菲整天把自己关在房间里，韩纯、苏南星轮番上阵都没有办法把她从悲伤的低谷里拉出来，是乐西寺骑着自行车，把整天浑浑噩噩度日的杜菲菲从房间里拉出来，去了S市最高的山。

当他们爬上山顶，看着天上的繁星，乐西寺问她：“菲菲，你还记得你的梦想吗？”

杜菲菲不发一语。

梦想？当初她想要做律师，就是因为父亲抛弃了她和妈妈，没有履行一个丈夫和父亲应尽的义务。她想要讨回公道，所以才想要做律师的，现在呢？什么都明白了，她也放下了仇恨，那么，之前的梦想又有什么意义呢？

她已经不想要这样的梦想了。

“你知道吗？”乐西寺没有理会杜菲菲的沉默，而是牵起了女生的手，从后面环住她，“伯父去世前找过我。”

怀里的女生身体微微一颤。

“他知道自己的身体状况越来越坏。那天我去的时候，你和伯母都不在，你父亲……”乐西寺叹了一口气，“他真的很了解你，知道自己一旦去世，会给你造成很大的打击，其实……把你带到这里来，是伯父的主意。”

杜菲菲不解地看着乐西寺。

男生微微一笑，从口袋里拿出了一条手链。那手链上，一颗银色的镶着碎钻的星星在月光的照射下发着晶莹的光。

“这是伯父托我转交给你的，他说……如果他真的不幸去世了，就要我带你来这个摘星台，告诉你，不管你的过去是怎样的，也不管你是因为什么目的而设立的梦想，他都会在天上，看着你。在这颗碎钻的星星里，陪伴着你，直到你的梦想实现，直到你获得幸福……”

乐西寺轻轻吻上杜菲菲的额头：“菲菲，你有一个，很爱很爱你的爸爸呢……”

杜菲菲不由得怔住了，看着美丽的星星手链，暗暗下定了决心。不管未来是怎样的，她都要一心一意完成自己的律师梦想，像乐西寺那样，像爸爸所期望的那样，成为一代律政先锋！

“菲菲……”回忆一幕幕闪现，苏南星带着哭腔的声音却将杜菲菲从记忆中拉回，她抬眼，就看到苏南星挂着泪珠的俏脸，正一脸不舍地看着她，“你这一走，这么多年，我会舍不得你的，呜呜呜……以后再也没有人中午给我带饭了……”

原本还有些感动的杜菲菲的额头顿时布满黑线，原来大小姐舍不得的是这个……

“躲开躲开，小说家就是喜欢伤春悲秋，咱们家菲菲是去进修的，以后回国了可是‘海龟’、高材生！”韩纯一把拉开苏南星，抓起杜菲菲的手，可是她才和杜菲菲对视，眼泪就湿了眼眶，“菲菲……”

“小纯……”

杜菲菲心里也有些难受。

韩纯是她这么多年以来的第一个好朋友，更是杜菲菲认定了的一辈子的闺密。这一年里，韩纯一直帮着杜菲菲，在她难过的时候开解她，得意的时候为她高兴，就算是China idol乐西寺赢了白东篱，她也由衷地替杜菲菲开心。

虽然平日里她一副御姐的样子，但是每一次她的霸道，都让杜菲菲非常的窝心。

“菲菲，我跟你说，你到了英国要好好照顾自己，知不知道？你这么傻，又容易上当，一定要擦亮双眼……还有，英国那边的气候不好，别看旅游书上说的风景美丽，实际上湿气特别重，冬天也比较冷。我跟你说，你一定要特别注意天气情况知不知道……还有啊，乐西寺欺负你了，你一定要告诉我，还有……”

“小纯……”杜菲菲听着韩纯这一句句堪比老妈的唠叨和叮咛，红着眼打断了她，她看着女生清秀的脸庞，她那么漂亮，平日里在外人面前又那么高傲不可一世，可是在她面前，她简直比老妈还要操心，“小纯……我舍不得你……”

杜菲菲哭出声来。

“呜哇！傻丫头！你不要哭啊！你一哭……呜呜呜……我也要跟着哭了！”韩纯一个忍不住，抱着杜菲菲痛哭起来！

“呜呜呜！你们哭！我也哭！”苏南星也抱头加入进来！

……

“前往伦敦的旅客朋友请注意，您本次乘坐的航班现在开始办理登机手续……”

机场广播的女声此时突兀地响起，乐西寺和白东篱他们不得已将3个女生分开。

“菲菲，你到了那边，要每天给我打个电话。”邹萍此时走上前来，她的眼睛也红红的，显然刚才也哭过了，“要是过得不习惯，就回来，妈妈在这里，你的家就在这里，知道吗？”

“嗯！”杜菲菲抱着邹萍，拼命点头！

“还有，你的闺密团，我才是正宫娘娘，别人一律排在我后面知不知道！”韩纯最后抓住杜菲菲，不无紧张地叮嘱道！

“扑哧！”杜菲菲被她弄得伤感情绪一下子消失，笑出了声。

“你啊……”白东篱此时也上前来拍了拍韩纯的头，宠溺地笑道，接着，他转过身，意气风发地看着乐西寺。

“乐西寺，我期待你回来的那天，再好好比一次！”

“好！”乐西寺也豪气万千。

杜菲菲看着苏南星和华铭、韩纯和白东篱成双成对的样子，少年少女们因为出众的外貌和气质分外耀眼，自己的心底不由得感到深深的安慰。

离别的话语说完，杜菲菲拖着行李箱和乐西寺进了安检口，她回头冲大家招手。

初春的阳光普照大地，杜菲菲看着航站楼玻璃窗外那烂漫的阳光，歪头看着乐西寺俊美无双的侧颜……

春光灿烂，有你最美。

前方高能，
糖果系男友团强势来袭
美男当道！
前方各类糖果系男友高能来袭！
你准备好了吗？
陷阱糖果系男友——
巧乐吱《糖果色费洛蒙之恋》
酒心巧克力般的伪装者。
许乔安
家世好，学历高，还能时不时耍个帅！
最重要的是，他可是糖果集团的继承人，
真正的糖果系！
他挖下了糖果陷阱，你敢来吗？
内容简介：
号外！大型美食连锁Mini集团放话要收购老字号糖果店卡拉米尔！
网红“最美糖果女孩”黎小果为对抗收购危机，守护自家老店，要使出绝招了！
咦，怎么新招聘来的美食助理许乔安比她的“毒舌”闺密还厉害？
“出色外表+人形电脑”的配置让所有难题都迎刃而解，做模特、送外卖，甚至连店铺运营他都能轻松搞定！小果眼里的红心眼看就要飘出宇宙，情况却瞬间反转！
她极力隐藏的秘密被曝光到网络上，卡拉米尔店陷入了“贷款陷阱”，更倒霉的是，那个让她脸红心跳的万能助理许乔安居然在此时神秘失踪，再出现时竟然以Mini集团继承人的身份站在了她的对立面！
咦，再等等，他不是只想收购她家的店吗，怎么连她的人都盯上了？
丘比特的糖果陷阱，超浪漫的美味恋情……
星光闪耀下，巧乐吱的新作甜蜜发售！

神秘糖果系男友——**太妃糖般的柔软香甜。**

茶茶《庄园王子夏风恋》

李慕阳

Sunny萌宠庄园的继承人，剥掉低调神秘的糖纸般的外表，才能看到他温柔的内心。
如果你生气，他会用一百种小动物来哄你开心，兔子、浣熊司空见惯，还有会说话的灵宠猫哦！

内容简介：
被上天眷顾的少女林晚风，在上学路上救下遭恶狗追杀的波斯猫伊丽莎白后，人生彻底发生了反转！
什么？这只快吃穷她的猫竟然会说话？还是一只能给她带来好运的“桃花猫”？等等，好像是真的……
班上的神秘少年李慕阳最近怎么总偷偷跟踪她，难道这位低调的Sunny萌宠庄园少主暗恋她？不对不对，仔细想想，他应该是惦记上了她的灵宠猫吧！
可当她火冒三丈地去找他理论，誓死捍卫自己猫主人的地位时，李慕阳却告诉她一个惊天的秘密——萌宠庄园的动物都离奇失踪了！
事情一下子变得扑朔迷离。林晚风善心大发，想帮他找回宠物，却发现这一切都与一只白狐脱不了干系。诡异的是，她还正好撞见这只白狐变成美少年，诱惑她一起进行一场阴谋……

全能糖果系男友——**薄荷糖般的清凉，后味甜蜜。**

茶茶《宝石少女的精灵幽梦》

归海辰

这个男友十项全能！
搜索侦查能力超强，分析解读能力一流，武力值更是满分！
好吃的甜品店、隐蔽的小吃摊，还有“买买买”的袋子，全部交给他！

内容简介：
幸运满分的幽灵水晶、勇气超强的虎睛石、恋爱助攻的月长石……这三样一旦拥有，人生就会发生意想不到的改变。
魔法宝石迷费小初不小心吓跑了珍稀宝石里的精灵，精灵的秘密一旦泄露，不仅会影响人类世界，费小初还要受到严厉惩罚，要快点把精灵们全部抓回来才行！
对于完全不懂社交的费小初来说，精灵寻回之路本来就艰难万分，偏偏还遇到一个“百科全书”式的美少年归海辰捣乱。
喂！你不是号称校园冰山王子吗？为什么好奇心这么重啊？精灵的秘密都要被你看光啦！
浪漫的校园舞会，幽静的满月之夜，以希望为名的宝石上显示出与失落精灵有关的意象……
在归海辰的帮助下，费小初的精灵寻回之行会顺利吗？
清新少女茶茶最新浪漫校园小说，让美丽的宝石精灵见证少女的成长与幸福！

百变糖果系男友——**跳跳糖般的惊艳爆炸。**

艾可乐“星座公寓”系列《绝版双子座拍档》

北祁一

每天你都会觉得拥有一个新男友。
不仅具有双子座的百变多才，更是擅长奇思妙想的科研怪人！
瞬间烫发机、无敌真话药水、药效超强的晕车药！
比哆啦A梦更神奇的角色，你要的一切都可以发明出来给你哦！

内容简介：
名门大小姐项甜甜来到爱丽丝学院后，一心想摆脱社交障碍，交到朋友，却无意中成为桔梗公寓怪异美少年北祁一最配合的实验伙伴。
蟑螂的绝地反击、疯狂太空舱考验，呜呜呜……实验过程真的好痛苦！但是为了维持和北祁一之间珍贵的友情，项甜甜告诉自己一定要忍耐、忍耐、再忍耐！
友情持续发酵，逐渐散发出了恋爱的香甜气息，项甜甜快要沦陷了。
可是，就在她被北祁一的温柔打动，准备告白的时候，才知道北祁一竟然一直在欺骗她，他根本就不想和她做朋友，而只是……
北祁一！准备接受真心的惩罚吧！
两大占卜高手再次“不幸”预言，鬼才双子VS内向摩羯，最不搭配星座“囧萌”相遇，将带你领略爆笑巅峰的浪漫恋情。

“小优趣读”系列《会说话的古董》

象牙塔少女沈星月最崇拜的人是身为故宫文物修复师的叔叔。
她14岁生日这天，收到叔叔送的“东王公西王母铜镜”仿品之后，竟无意中打开了神秘的文物世界大门。
衣袂飘飘的《清明上河图》少年张择端，在故宫“扮鬼”捉弄游客；“呆萌”的西安乾陵翁仲大叔，委屈地蹲在地上画圈圈；太和殿屋脊十大瑞兽联手欺负“故宫外来人口”，还有敦煌莫高窟里无脸飞天女传来的哀婉哭声……神秘事件一次次出现。
沈星月在解决这些事件的过程中，慢慢被家学渊源的晏晓声发现了自己的秘密。谁来告诉她，为什么这个冷漠美少年晏晓声总是能化腐朽为神奇？
神奇少女沈星月搭档全能少年晏晓声，将带你踏上独一无二的古董文物保护之旅……
你准备好了吗？

“小优趣读”系列《会造梦的化石》

“假小子”贝茵茵无意中得到了一块能和远古世界连通的化石，便开启了激动人心的史前大冒险！
在那里她遇到了不会说话的原始人樱桃一家和威猛霸气的猛犸象多玛，还有爱装可爱的剑齿虎喂喂……无忧无虑的原始社会让贝茵茵似乎有些讨厌现实生活了。
天才少年实验室成员易卜的父亲在一次原始遗迹考古中遇难，留下了根本不可能完成的遗愿。不过突然闯入他的世界的贝茵茵却带来了神奇的化石，似乎让遗愿有了那么一点点实现的可能。
在贝茵茵成为天才少年实验室唯一一位非天才的编外成员后，他们在神奇的远古世界里遭遇了巨型猛犸象追逐、夺命泥石流风波，还有原始人朋友的小小感冒造成的严峻危机；与此同时，现实世界中，神奇的化石也遭到坏人觊觎，危在旦夕。
为了保护史前文明和原始人朋友，少女贝茵茵联手天才美少年们共迎巨大考验！

“小优趣读”系列《会变身的版画》

学霸乖乖女阮青青被迫接下了照顾异国混血美少年阮申申的任务，结果相遇第一天，阮申申就莫名地遭遇了犹如哈利·波特魔法一般的神奇事件——一块陈旧的木版画里竟跳出了一只濒临死亡的字灵。
热衷魔法的阮申申决定拖着阮青青一起探寻这块有关传统节日的木版画中被掩埋的秘密，于是两人开始了溯源传统文化之旅。
清明、端午、七夕、中秋、除夕，“节日复古”之路困难重重，竟然还有“太鼓达人”和抓蜘蛛这种奇怪游戏？更让人头疼的是，阮申申这个“自由主义”者，居然对老师说他的爱好是爬树、打游戏，对牛郎和织女的故事品头论足，批评王母娘娘没有现代婚姻观，还讥讽中国传统文化这么死板为什么要学习……
不过，当神秘的传说遭遇现代科技，中国固有思想邂逅美国自由精神，千年前的传统逐渐复苏，木版画上关于过去的描绘也渐渐清晰起来。
阮青青和“金玉其外，败絮其中”的阮申申终于开始领会传统文化真正的意义……

我不管！我要安正风大BOSS！

安正风： 听说安晴将我刻画得雷厉风行、霸道蛮横、腹黑睿智、冷静淡定、温柔细心，被安氏集团所有女员工封为最想嫁的男人NO.1，嗯？这么优秀的我，你想嫁吗？

雷厉风行： 明天下午，还在这里开会！一个人都不准缺席！

霸道蛮横： 男朋友？呵，我劝顾小姐还是好好准备一下我们的婚事吧。我是说，我们。

腹黑睿智： 哦，船上的女装都是你的尺码，想开什么party就有什么样的衣服，对了，还有比基尼。

Merry安晴： （死鱼眼）喂，居然有这么自恋的男主角！来人，开门，放顾笙南！

安正风！给我滚回家去！

看来想要安正风大BOSS，
还是去看看《南风替我告诉你》上市没有吧！

如果有一天我堕入魔道，你们一定要杀了我

——锦璎

如果你被囚禁在海底三百年，突然有个大美女出现要救你，你愿意吗？
如果那个大美女要与你来一场灵魂交易，条件是为她报仇，你愿意吗？
锦璎的回答相当干脆：我愿意！
可是，这个大美女身份也太独特了吧？不仅残暴无情，还是六界公认的女魔头？还背了无数孽债？孽债就算了，居然还有情债？
好吧，看在手下有一大帮帅哥美男供自己差遣的面子上，她认了！可天意弄人，这群帅哥怎么个个都要取她的脑袋？她招谁惹谁了？
锦璎崩溃了：做女人难，做个女魔头更难！

我料到了所有事情，却料不到与你竟是一场情劫

——云无渊

他是大名鼎鼎的天下第一剑仙，五官绝美，颜值无匹。
他外表看上去清贵高雅，黑化后狡诈且恐怖，智商无敌，在四海八荒中极负盛名。
他原本是要杀了残暴冷血的姬月栖，后来却发现了“姬月栖”的变化，不但决定不杀她了，还反过来处处护着她。

我得不到的东西，别人也休想得到

——御寻欢

他是隐姓埋名的蓬莱大少爷，因一次意外留在了云荒境，长着一副人见人爱的花花皮囊，还喜欢穿一身惹眼的红袍，举手投足间尽显风华绝代之姿。
人如其名，天性风流，但绝不下流。
他一直想毁掉云荒境，最后却为了救孟瑶而身受重伤，跌入北海最深处。

这里有：

城府比海还深，智商无敌，看上去清贵高雅的**天下第一剑仙无渊真君**；
风华绝代、奢华腹黑的**蓬莱大少爷御寻欢**；
唇红齿白，苍华台的**“小鲜肉”兰萧**；
还有一个身患隐疾，却艳冠天下的**冥山宗主锦璃**……

一大帮美男简直比《花千骨》和《琅琊榜》的众小主还要闪亮！

这样强大的“美男后宫团”，尽情地在唐家小主的《锦云归处》里争奇斗艳，你还不心动吗？

【没有一点点防备的卧谈会】

时间：国庆长假的第二天深夜
地点：年糕么么哒
（群号：567278814，群主是锦年本人，欢迎大家来聊）
嘉宾：锦年
主持人：年糕啪啪
围观群众：锦年的粉丝们和菜菜酱

菜菜酱：在这样一个普天同庆的日子，一场八卦大会就这么来袭！（摇身一变成相亲大会？）
年糕啪啪：锦年有男朋友吗？（期待）
锦年：并没有哦……
【众年糕：可以考虑我们！】
年糕啪啪：锦年的择偶标准是什么呢？
锦年：阳光型男，穿衣显瘦，脱衣有肉的，嘿嘿嘿……
年糕啪啪：锦年平时喜欢什么歌啊？
锦年：呃……很多，例如日语歌、英语歌、粤语歌。
年糕啪啪：锦年最想去哪儿？
锦年：日本和欧洲。
年糕啪啪：日本！我也想去！
锦年：喜欢日妆和日牌护肤品，超想去镰仓买买买！
年糕啪啪：看来锦年很喜欢日本啊。
锦年：对啊，还喜欢日剧和东野圭吾呢！
【众年糕：我们陪你去！】
年糕啪啪：锦年有没有暗恋过谁啊？（紧张）
锦年：有啊。
【众年糕：哇！】
锦年：第一次暗恋别人，暗恋了好几年呢，当时是同班……
年糕啪啪：告白没？
锦年：拒绝回答。
某年糕：我把哥哥介绍给你吧！
锦年：好啊，大家快来介绍哥哥吧。
【众年糕献哥：收下我们的哥哥吧！】
某年糕：其实我们很想知道，锦年为何走上“后妈”这条不归之路……
【年糕啪啪：我才是提问的主持人呀，喂！】
锦年：这个，因为自己也喜欢看虐的文，虐的印象总能深刻些……
【年糕a：每看大大一本书，一盒纸巾就没了，心疼我的钱啊！】
锦年：不哭不哭，来我怀里……
年糕啪啪：锦年单身对吧？考虑考虑我吧！
【年糕b：去你的！应该跟我在一起！】
【年糕c：都一边打去，锦年大大快和我组成cp！】
锦年：我还是直的！
菜菜酱：你们不应该帮我催稿吗？喂！
年糕啪啪：那么访谈结束啦。啦啦啦，快去扑倒锦年！
【众年糕猛追锦年。】
锦年：救命啊！
菜菜酱：如果你交稿我就救你。
锦年：那还是算了……

12月新书上市预告

《星光萌动朵朵开》

▶ "非一般"少女和萌萌机器人男友之旅

湖南少年儿童出版社

《暖阳里的拉斐尔》

▶ 抹茶冰激凌般的青涩美味，甜进心底的绝版珍藏

湖南少年儿童出版社

《锦云归处》

▶ 心思单纯的姑娘换上令人闻风丧胆的女魔躯壳

天津人民出版社

《风鸣大陆⑦风雨来袭》

▶ 持续引领西幻文学热潮

知识出版社

《水星治愈少女》

▶ 清雅少女&深沉系美男的粉色悲情绝唱

知识出版社

"小优趣读"书系《会说话的古董》

▶ "脑洞"大开的古董萌文化之旅

天津人民出版社

《时光与爱共沉眠》

▶ 晚风骤起，夜幕降临，黑暗深处，时光终会与爱共沉眠

知识出版社

《如果森林有童话》

▶ 暖心天使的专属治愈成长故事

万卷出版社

《时光罅隙里的秘密花园》

▶ 哪怕不能拥有，也要拼命守护

湖南少年儿童出版社

《整个宇宙都流眼泪》

▶ [重点推荐]一次伸手的温暖，百倍偿还的深爱

天津人民出版社

《九月樱花馆·夜光少女季》

▶ 万人期待的"猫氏"悬疑花美男小说

天津人民出版社

"超速绯闻"系列之《致闪耀的她》

▶ 跨物种合作，给最闪亮的你最美的梦

知识出版社

《请用科学的方法心动》

▶ 在异界被迫成学霸，顺带收服男神，日子简直炫酷

天津人民出版社

"星座公寓"系列之《绝版双子座拍档》

▶ 怪异美少年与可爱千金的完美恋曲

知识出版社

《美型骑士团·星辰王女》

▶ 学霸少女接任星光女王，由帅骑士护卫

天津人民出版社